家族連写

森 浩美

PHP
文芸文庫

○本表紙デザイン＋ロゴ＝川上成夫

支えになることもある
悔いることにもなる
それでも心に連なる映像は
あなたが生きた証《あかし》となる

家族連写　目次

家族連写

しあわせやあ

——あんたな、そんなんやったら、もう二度と大阪の土地は踏まれへんでえっ。

受話器の向こうから聞こえてくる母の大声に、思わず耳からスマホを離し、顔を歪《ゆが》めた。その脅し文句は母の常套《じょうとう》手段で、これまでに何度も言われたことがある。

——もしもし、もしもし、ちょっと貴也《たかや》、あんた、聞いてんの？

——はいはい、ちゃんと聞いてるがな。

スマホを耳には当てず、送話口に向かって返事をした。

——おかあちゃんの特別な誕生日に顔も出さへんって、どーゆーことなん？

母は来月、二月の誕生日で還暦を迎える。確かに特別な日と言えなくはないのだが、大学の進学で東京へ出てから十七年、母の誕生日に帰省するという約束があったわけではない。

——お正月かて、トンボ返りやったし。

——忙しかったんや。それに、誰も絶対に行かれへんとは言うてないやろ。

ただ、仕事の都合がつくかどうかが分からんちゅうだけで。

僕はテレビゲームの制作会社で開発チームのメンバーとして働いている。夏場に発売する予定の新作ゲームは仕上げの段階に入った。日々の時間の割り振りは比較的自由になるが、帰省するとなると、チームのメンバーとの兼ね合いもあり、スケジュールの調整が必要になる。

――大林《おおばやし》さんなんかな、ヨシくんから誕生日プレゼントに真珠のネックレスもろうたんよ。ホンマ、ようでけた息子や。で、マミちゃんが大林さんの似顔絵描いてくれたんやで。

大林さんとは三軒先に住む近所のおばちゃんのことで、母の茶飲み仲間だ。ヨシくんとは、僕の小中学校時代の同級生、良輝《よしき》のこと、そしてマミちゃんは保育園に通っている良輝の娘のことだ。

――同じ息子やのに、なんでこうも違うんやろ。

――張り合《お》うてどないすんねんな。

――張り合うてなんかおらんやないの。気は心っちゅう話をしてるだけや。

そういう機微が分からんから、カノジョにも逃げられるんやで。

——いやいや……、ちょっと待って、オカン。

僕は慌ててスマホを耳に押し当て、立ち上がると窓際に移った。カーテンの隙間《すきま》から、小田急線の線路が見下ろせ、下り電車が西へ走り抜けて行く。

——どんだけ昔の話を持ち出すんや、かなわんなあ。

前の恋人に逃げられた……いやフラれたのは事実だ。だが、もう五年も前の話だ。

——だったら、さっさと次、探さんと。グズグズしてるし、新しいカノジョもでけへんのちゃうん？　三十五にもなって、嫁さんももらわんと、ぷーらぷらしてるんやから、ホンマにもう、あんたっちゅう子は。おかあちゃん、情けのうて泣けてくるわ。

親であっても、それは大きなお世話というものだ。それに結婚は別としても〝新しいカノジョ〟なら、この部屋にいる。同棲《どうせい》しているわけではないが、このところ週末は僕の部屋でのんびりと過ごすことが多い。が、そんな相手がいることは内緒にしてある。親に妙な期待を持たれては困るからだ。

美緒《みお》とのつきあいは一年半程になる。映画の配給会社に勤めている彼女とはゲームのキャラクターを用いたアニメ映画完成披露パーティーで知り合った。小柄で笑顔が印象的な彼女に、僕はひと目惚《ぼ》れした。それから何度も食事に誘った。

「私は独身主義者だから。でも、恋愛はします」

ある意味、男からすれば都合のいい考えの持ち主ではあるが、いざ真剣な交際となると、いささか複雑な思いがする。

そんな美緒は、さっきからニヤニヤしながらこっちを見ている。母の勢いに圧《お》され、タジタジムードの僕の様子を楽しんでいるようだ。

と、美緒が「あっ」と叫んだ。その声に振り向くとビールの缶がテーブルの上に倒れていた。

――あれ、誰かいんの？

――いや、誰も。テ、テレビの音や。

そうごまかしながら、僕は急ぎ、ティッシュを箱から抜き取ると、それを美緒に渡した。僕は顔の中央に皺《しわ》を寄せ、小刻みに首を振った。美緒は小さく肩を上下させると、声に出さず〝ごめん〟と口を動かした。その様子が実に可愛《かわい》らしい。

――ま、とにかく、そのことは考えておくから、ほな、もう切るで。

そう母に告げると、半ば強引に電話を切り、僕は大袈裟《おおげさ》な溜息《ためいき》をついた。

「ごめんな、食事の途中に。もう、うちのオカンにも困ったもんや」

「ううん、そんなこと構わないけど……。お母さん、誕生日に帰ってきてほしいんだ？」

「聞こえてたか」

「そりゃ、もう、ダダ漏れ」

美緒は愉快そうに笑った。僕はなんとなくバツが悪くて頭を掻《か》いた。

「貴也のお母さんって、相当面白い人みたいだよね」

「激情型やけど、オモロいのは確かやな。ま、うちはオカンだけじゃなしに、とぼけた味のオトンもなかなかやけど」

「ふーん、いい家族なんだ」

「ん、まあ、どうかな、フツーとちゃうか?」

「ふーん、フツー、なんだあ……。私、そういうフツーって分からないからさ」

家族のことについては、あまり話したがらない美緒が、少しだけ両親について口を開いたことがあった。

「うちの両親は私が小学生の頃から仲悪かったのよね。でも離婚はせず、ずっと今まできている。ユーミンの歌じゃないけどさ。忙しい父親と、派手好きな母親がいて、家庭内は会話のない場所。そして娘はグレましたってお話、そのまんま……」

美緒は〝セシルの週末〟という曲を引き合いに、自分の家のことをたとえた。

「だから私、あんまり結婚するとか、家庭を持つとかに関心ないんだよね」

「でも、歌の結末は、やさしい恋人と出会って、娘は愛に目覚めたってことやろ……案外、美緒にとって、それがオレだったりして」

美緒は「ん？」と顎をちょっと突き出して、否定も肯定もしなかった。

「うちはみんなバラバラ……親戚が集まるなんてこともなかったし。精々、おじいちゃんおばあちゃんの葬儀のときくらいなもんだった。それだって、相続のことがあったからなんじゃないのかな。親だけじゃなくて、親の兄弟仲も悪かったしね。ううん、いがみ合ってて険悪そのもの。面倒だよね、血縁って……」

美緒は深く重い溜息をついた。

そんな美緒だが、普段の彼女は至って明るく朗らかだ。茶目っ気だってある。まだ正式なプロポーズをしたというわけではない。美緒と結婚しても〝フツー〟の家庭を築ける自信はある。しかし、何気に話題を結婚に向けると、美緒は顔を曇らせる。これぱかりは無理強いできるものではないし、さりとて、このままの関係を続けることがよいのかどうか……迷うところだ。

結婚だけが親孝行だとは限らないと思うが、うちの両親は早く結婚しろと口を揃《そろ》えるのだ。

美緒が作ってくれたボンゴレスパゲッティを口に運びながら、ふと、去年の秋、帰省したときのことを思い出した。


——墓を建て直したんや。今度の彼岸にお前も一緒に墓参りに行かんか。

滅多に電話など掛けてこない父から、留守番電話にそんなメッセージが残されていた。

岡島《おかじま》家代々の先祖が眠る墓地は、豊中《とよなか》市内の寺にある。祖父は僕が物心ついたときにはすでに他界しており、祖母は一昨年《おととし》亡くなった。その頃、隣接する区画の墓の建て直しが相次いだ。そんなせいもあり、長年、風雨に晒《さら》された我が家の墓石は、すっかり見劣りしてしまった。

「おばあちゃんをこないな墓に眠らせておくわけにはいかんなあ」と、納骨の際、父が呟《つぶや》いた。母思いの父だが、きっと見栄《みえ》っ張りの虫も騒いだのだろう。そして昨年、父は念願の墓の建て直しをしたのだ。

墓参りかあ……。思えば随分とご無沙汰をしている。おばあちゃん子だった僕としては、少しばかり申し訳ない気持ちもあり、京都出張に託《かこつ》けて実家に立ち寄り、両親と一緒に墓参りに出掛けた。

「おばあちゃん、どうや、きれいになったやろ」

父は墓石を丁寧に布で拭き上げた。日光の当たった御影石《みかげいし》は黒光りし、それを眺める父は誇らしげであった。

「オトンも、もうすぐ、そっちの住人やな」

僕のそんな軽口に「アホ、オレはまだまだ逝かん」と父はムッとした。

「ほんの冗談やがな」

「まあ、ホンマは、もうくたびれたしな、いつ逝ってもええとは思ってるけど、なんせ、うちの跡取りがしっかりせえへんから、おちおち死ぬこともできんがな」

「ホンマやねえ、折角、立派なお墓を建てたっちゅうのに、それを守る者がおらんようになるかもしれへんし」

生花を供える母が父に加勢する。

「なんや、オレに期待してんのかいな？　大体、こっちに戻るかどうかも分からへんのに」

僕はとぼけた口調で笑い返した。

父は市内で不動産業を営んでいる。所謂《いわゆる》〝町の不動産屋さん〟という規模ではあるが、祖父の代から数えると創業六十年を超える。

「商売のことはどうでもええけど、お墓のことはあんたに期待せえへんで、誰に期待すんの」

「美鈴《みすず》がいるやん」

美鈴とは三歳違いの妹のことだ。

「あの子は嫁に行った身やし、岡島のもんとは違う」

三年前の春、妹は嫁いだ。とはいえ、新居は実家から歩いて数分のマンションに構えた。

義弟となった木下宏司《きのしたこうじ》は、元々ハウスメーカーに勤めていた。うちとの取引もあり、出入りしている内に妹とつきあうようになったのだ。そして今や〝オカジマ不動産〟の専務という肩書きを持つ。真面目で人当たりもよい義弟は、親切丁寧をモットーとする地元の不動産屋に相応《ふさわ》しい〝婿〟だ。

「宏司は婿養子のようなもんやし、それでええやないか。なんなら、正式に宏司を婿養子にすればええやん」

宏司の実家は香川《かがわ》にあり、三男坊だ。可能性は大いにある……と、勝手に思っている。

「リフォームでもして、あいつらと暮らせば？」

行く行くは実家で両親と同居してくれれば、僕としては肩の荷が軽くなるというものだ。

「宏司くんはええ子よ。商売も一生懸命にやってくれるし。でもな……」

　母が不満そうな顔を見せる。

「でも、なんやねん？」

「あの子ら、結婚して三年も経《た》つっちゅうのに、子どものできる気配もないし。ホンマ、やることとやってるんやろか」

「おいおい、オカン、何もそんなことまで心配せんでも」

「だったら、あんたが早《はよ》う嫁さんもろうて、あたしらに孫の顔を見せてくれたらええんやないの。それがなあ……」

　両親の気持ちは分からなくもない。いや、それくらいのことなら叶《かな》えてあげたいと思ってはいるが、安請け合いもできない。僕は黙ってしまった。

「な、おばあちゃん、うちはまだまだこういう状態やで。このままやったらいずれ、みんな無縁仏やなあ。ホンマにしょうもない」

　そうボヤキながら、父は墓石を拭く手に一層力を込めた。

「なあ、美緒……」

食べ終わって重ねた皿を流し台へ運ぼうとする美緒を呼び止めた。

「ん、何？」

「あのな、うちのオカンの誕生日、大阪までつきおうてもらえへんかな」

断られるのは覚悟の上だ。だめもとで尋ねてみた。もし一緒に行ってくれることになれば、ふたりの関係が前進するのではないかという淡い期待もある。ただ、断られたからといって、美緒と別れるつもりなどないのだが……。

美緒は宙に浮かせた腰を椅子に戻すと「別にいいけど」と、こちらの心配をよそに、あっさりと承諾した。少々、拍子抜けだ。

「しようがない。貴也の親孝行に一役買ってあげるわ」

「あ、そう……。じゃあ、そのお礼と言っちゃなんだけど、ついでにＵＳＪにでも寄ろうか。前から行ってみたいって言うてたし」

「うーん、ＵＳＪもいいけど、だったら温泉の方がいいな。最近、肩凝っちゃってるし」

「ええな、温泉。じゃあ、有馬《ありま》まで足を延ばしてみるか」

有馬温泉は関西の奥座敷などと呼ばれるが、イメージ的にはハードルが高い。僕は一度も行ったことがない。

「ねえ、いっそのこと、有馬でお誕生日会してあげたら」

母にとってはこの上ない提案ではあるが……。

「それはオカンも大喜びするやろうけど……でも、どうして、そんなにオカンのために？」

「私、貴也のカノジョだし、一応、貴也のことは好きだし」

「一応ってなあ」

「それに、お母さん、面白そうだし」

そう言うと、美緒は笑い声を響かせた。

「おいおい、うちのオカン、動物園の猿ちゃうからなあ。ま、体型はオランウータンみたいな感じやけど」

「ヒドーい」と、美緒はまた笑った。

「でも、オカンが勘違いしなければええけどなあ、つまり……」

美緒は手のひらを僕に向けて、あとの言葉を遮った。

「結婚を前提におつきあいしてますっていうのはナシだからね。もっとも、私、三十一だし、もっと若い子の方がいいとか言われちゃうかもしれないけど……」

「そんなことはないやろうけど、ま、とりあえず、最近つきあい始めたっちゅうことにしとこ」

今は多くを望む必要はない。

「じゃあ、オカンたちの予定もあるやろうし、諸々《もろもろ》、伝えるとするわ。それにしてもびっくりするやろうなあ、オカン」

「また、ご機嫌取りみたいなことして」などと減らず口をたたきながらも、満面の笑みを浮かべる母の姿が僕には見えていた。

今年の母の誕生日は日曜日だ。美緒の発案通り、その日は家族で有馬温泉へ向かう手筈《てはず》になった。土曜の晩は、美緒に母が手料理を振舞いたいと言い出し、夕方に実家を訪ねることになった。

「ごめんな、休みまで取ってもらって」

僕も美緒も、月曜日は有休を取ったのだ。

「大丈夫、有休たくさん余ってるし」

飛行機の方が便利なのだが、あいにく希望した便は満席で、僕たちは午後一時の新幹線に乗り、大阪へと向かった。

立春は過ぎたが、それは名ばかりの春の訪れで、降り立ったホームを吹き抜ける風はまだまだ寒い。それでも生まれ育った町の空気に触れると、心なしかほっとした気分になる。

地元駅の改札を出ると、見上げた西の空に夕焼け雲が見えた。

「もうすぐそこや」

商店街の外れに実家はある。三階建ての小さなビルだ。一階は事務所兼店舗があり、二階、三階は住居スペースになっている。事務所を覗《のぞ》けば、父も宏司もいるはずだが、接客でもしていたら邪魔になるだろうと遠慮した。

隣の建物との隙間にある我が家の玄関へと続く階段を上る。勝手知ったる実家だ。僕は持っていた鍵を使ってドアを開けた。

「ただいまあ。オカン、帰ったでえ」と、中廊下に向かって呼び掛けた。すぐに足音が聞こえ「お帰り」と母が現れた。が、少しばかり様子が違う。きちんと化粧をし、スカートを穿《は》いている。ははあん、美緒に好印象を持ってもらいたいがために気を遣ったんだな……。そう思ったものの口には出さなかった。

「オカン、こちらな、山本美緒さん」

「山本美緒です」

と、美緒が頭を下げようとすると「もう堅い挨拶は要《い》らんのよ。それより寒かったやろ、さあ、はよう、上がり」とせせこましく手招きした。

中廊下を通り、居間に入ると、対面式の台所から油の匂いが漂ってきた。

「お、唐揚げやな」

「そうや。あんた好きやろ。あとはお好み焼きと、それから……」

お好み焼きも好きだが、僕にとっておふくろの味は、鶏の唐揚げなのだ。

「美緒さん……。あ、美緒ちゃんって呼んでもええかしらね？」

「あ、はい」

「貴也は学校のお弁当のおかずは唐揚げって決まってたんよ。入れないと怒ったんだから。それくらい好きなんよ。覚えておいてね」

「あ、はい……」と、母の繰り出す軽いジャブに美緒は少し苦笑いだ。

「あのー、すみません、これ」と美緒が品川駅で買った土産袋を出す。

「どら焼きや。オカン、好きやろ」僕が説明を加えると、母は「ありがとう、ほな、いただきます」と大袈裟に答え、丁寧に両手で受け取った。

「あ、そうや、美緒ちゃんのご両親、何が好きなん？」

「え？」

事情を知らないとはいえ、余計なことを訊《き》かないでくれと慌てた。だが、母は「食べるもんよ。何が好き?」と追い打ちを掛ける。

「ああ、オカン、そんなことはええから」

「ええことないやろ、息子が世話になってるお嬢さんの親御さんなんやから。大丈夫やて、ちゃんと大丸《だいまる》から送るし。大丸やで、そこらへんのスーパーから送るんちゃうで」

「そういう問題じゃなくてな」

「ま、ええわ。美緒ちゃん、考えとってな」

美緒は「ええ、はい」とぎこちなく頷《うなず》いた。僕は母に気づかれぬよう、拝むように手を合わせると〝ごめん〟と美緒に謝った。

「さて、もうそろそろおとうちゃんたちも上がってくる時間やね。今日は早仕舞いするって言うてたし」

「何かお手伝いします」と美緒が言うと、母は「ええのんよ、お客さんはゆっくりしててちょうだい。ま、近い将来、お手伝いしてもらうことになるかもしれへんけど」と、鼻歌を口ずさみながら台所へ入った。

六時を過ぎた頃、父が上がってきた。その後ろに、美鈴と宏司の姿もある。

「なんや、お前らも一緒か」と、妹にそう言うと「お兄ちゃんの結婚相手……に、なるかもしれない人が来るっていうから、妹としては顔出さんわけにはいかんやろ」とにやにやしながら言い返してきた。

母といい妹といい、本人たちは援護射撃のつもりなのだろうが、見え見えなのはかえって逆効果になることもある。

「しかし、べっぴんさんや。お兄ちゃんにはもったいない」

気づけば、お互いの紹介も挨拶もないまま、好き勝手に言葉が飛び交っている。

「前連れて来たカノジョ、ビジュアル的にアカンかったものな」

「いや、そんなことはなかっただろう」と、僕は迂闊《うかつ》にも口を滑らせた。

と、ちらりと美緒が少々キツい視線をこちらに向けた。僕は半笑いをしながらその件についてはあとで説明するからという気持ちを目で合図した。その場の空気を読んだのか、はたまた僕の心の声が聞こえたのか、美緒は追及することはなかった。しかし、ほっとしたのも束《つか》の間。

「ああ、あの子は、おかあちゃん、あんまり好かんかったわ。ほら、なんか、うちらと目つきが違《ちご》うてな」

「ああ、そうやったなあ」と父が相槌《あいづち》を打つ。

目つきが違う……それは目つきが悪いというのではなく、自分の好みではない。ひいては家族として肌が合わないという意味だ。日頃から「早う、嫁をもらえ」と煩《うるさ》い割には、そういう注文が多い。

「いやいや、なんでそんな話で盛り上がってんねん、まったく」

全身から噴き出る妙な汗を感じながら、僕は「オカン、メシにしようや」と話を変えた。

母のこしらえた唐揚げをはじめ、煮物やサラダが並ぶ食卓を六人で囲んで座る。真ん中に置かれたホットプレートの上で、お好み焼きがジュウジュウと音を立て、ソースの匂いが鼻孔をついた。

美緒は唐揚げを食べては「美味《おい》しい」お好み焼きを口に運んでは「美味しい」と声を発する。

「そうやろ、美味しいやろ」

母は満足そうに何度も頷いた。

「あ、そうや、美緒ちゃん、今晩、うちに泊まるやろ?」

「と、泊まらんよ。ビジネスホテルを予約してあるし」

美緒が答える前に、僕が先に答えた。

「そんなんキャンセルしたらええやん。狭い部屋やったらリラックスでけへんやないの」

「キャンセル料がかかるやないか」

「そんなん、出してあげるがな。な、おとうちゃん」

「おう、そうや」

美緒は、まるで卓球のラリーでも見るように首を左右に振って、家族の顔を交互に見た。

「な、美緒ちゃん、そうしぃ」

「それはご迷惑というか、いいえ、厚かましいというか。ね、貴也……」

「何言うてんねん、そんな遠慮はいらんいらん」

母は、野球の投手がスナップの利いたボールを投げるように手を振って笑った。

「息子のカノジョやったら、家族も同然やし。な、そうしぃ。貴也の部屋にお布団ふたつ敷いといたし」

「だから……オカンな」

「ちゃんと布団乾燥機も掛けておいたし、もうふっかふっかやで」

「オカン、そこじゃなくて、なんつーか、一緒の部屋って」

「あんたら、もう、そんな仲と違うんやろ?」

その通りだが、妙に赤面する。

美緒はクスクスっと笑うと「じゃあ、お言葉に甘えて、そうさせていただきます」と答えた。

「ええっ、泊まんのかよ」

驚く僕を尻目に、美緒の表情はどこか吹っ切れた感じさえした。

「はい、これで決まりや」と、母が柏手《かしわで》を打つように、手をパンパンと二回鳴らした。

「今夜はおかあちゃんの誕生日の前夜祭や。ゆっくりと家族水入らずで、大いに食べて飲みましょう。ほら、おとうちゃん、美緒ちゃんに注《つ》いであげてえな」

母に促された父が「さあさあ」と美緒のグラスにビールを注いだ。

「じゃあ、乾杯や」と、父の音頭で、めいめいがグラスを合わせた。

ふと傍らに目を向けると、美緒がゴクゴクと喉を鳴らして、ビールを一気に飲み干していた。

「お、美緒ちゃん、いける口やな」と、父が目を細める。

「はい、大好きです」

「そやろ。それにな、大阪のビールは旨《うま》いんや」

「そんなもん、どこでも一緒や」僕が口を挟む。

「アホか。お前は、なーんも分かっちゃないなあ。酒の味は、どこで誰と飲むかで変わってくるんやないか。まったく、人生修行が足りんなあ。美緒ちゃん、ようこんなやつとつきおうてくれて、ホンマにありがとう、ありがとうな」

父はまるで政治家が有権者の手を握るように握手を求め、美緒の手を包んだ。すっかりご満悦の様子だ。

僕は呆《あき》れたように首を振りながらも、ふと、こんな光景を見たのは初めてではない気がした。もう何回も、いや何年も見てきたように馴染《なじ》んだものに思えたのだ。

「さあ、お墓参りしてから、有馬温泉へゴーや」と、父の号令で家を出たのはお昼をとっくに過ぎていた。調子に乗って、みんな飲み過ぎたせいで、随分と出遅れたのだ。

宏司が運転するワンボックスカーに乗り込み、墓参りを済ませると、そのまま高速道路を使って、有馬温泉へと向かった。途中、事故渋滞にはまり、それを抜けるのにも結構時間が掛かってしまった。

くねくねとした坂道を上った高台に、予約したホテルは立っていた。案内された部屋は貴賓室と呼ばれ、六人泊まっても充分な広さがある。窓からは眼下に街並みが一望できる。

「どうよ、オカン。これで大林のおばちゃんに自慢できるやろ」

身の丈に合った部屋ではない。かなり無理をして奮発したのだ。もっとも、妹夫婦と宿泊代は折半という約束になっている。

「もう、あんた、粋なことして」母が僕の二の腕を嬉しそうに叩《たた》いた。

「で、今晩の食事は外のレストランを予約してある。旨いステーキやで」

予約したのは神戸牛をリーズナブルな価格で提供しているステーキハウス

だ。

勿論《もちろん》、ホテルにもレストランはある。しかし、そちらは値が張るのだ。セコい話だが、そこまでの余裕が懐になかった。

「六時の予約や。ちょっと早い時間やけど、温泉街までブラブラ歩きながら行こうや」

赤褐色の湯に浸《つ》かり、ひと休みしてからレストランに向かいたかったところだが仕方ない。

各々《おのおの》、コートを羽織り、ホテルを出た。

石畳の小径《こみち》の両脇には、どこかノスタルジックな雰囲気が漂う商店が軒を連ね、僕らは店先を物珍しげに覗きながらそぞろ歩く。と、三叉路《さんさろ》に置かれたレトロな赤い郵便ポストが見えた。

「あ、あの看板の店や」

照明が抑えられ、落ち着いた雰囲気の店内は、ロウソクの炎が映えそうだったが、残念ながらケーキの用意はない。

オーダーした料理を待つ間に、僕にはするべきことがあった。

「はい、おかあちゃん、誕生日おめでとう」

テーブル越しに、僕は小さな手提げ袋を母へ渡した。

「ええ、一体、何？」

母は袋から、まずは封筒を取り出し、中からカードを抜き取った。

「あら、これ、あんたが描《か》いたん？」

六十本の赤いバラに囲まれた母の似顔絵を、パソコンを使って描いた。脇から父と妹が「何々？」と覗き込み「ほう」と声を上げた。

「あんた、もう、また粋なことして」と、母は描かれたバラにも負けないくらい咲き誇るような笑顔を作った。

「徹夜して描いてたの、これだったんだ？」美緒もカードを覗き込んだ。

「ま、そういうことやな」と、少々照れ臭くなって、僕は鼻の頭を人差し指で搔いた。

「え、それと、こっちは何？」

母は金色のリボンが結ばれた細長いケースを取り出した。リボンを解《ほど》き、箱の蓋《ふた》を開けた母は「まっ」と短く声を漏らした。

「あんまり高いもんちゃうけど、ダイヤのネックレスや。オカンには心配ばかりかけてるから、ま、その分も込みでな。それは美緒に選んでもろたんや」

と、急に母の顔がくしゃくしゃになり、ついには声をあげて泣き始めた。

「おいおい、オカン、こんなところで」

「だって嬉しいやないの」

他のテーブルから視線が集まるのを感じた。

「息子が誕生日プレゼントにネックレスくれましたあ」

母は半分泣き顔、半分笑い顔で、それを高々と掲げた。まるで王座を射止めたボクサーがチャンピオンベルトを観衆に見せて応えるようだ。

と、期せずしてレストラン内に拍手が沸き起こった。

「おかあちゃん、めちゃめちゃ嬉しい。ありがとう、貴也。それから、美緒ちゃん、ありがとう、ありがとう」

礼を言いながら、母が洟《はな》を啜《すす》る音が響いた。

「お義兄《にい》さん、そんなに差をつけられたら、僕らかなわんなあ」と、笑いながら宏司が言うと、妹が「ホンマやな」と頷いた。

それから母は終始上機嫌で、父も我がことのように喜んでくれた。

「さて、宿に帰って湯に浸かろうや」

来た道とは違う小径を通った。先を行く両親と妹夫婦の背中を見ながら、僕は美緒と並んで歩いた。

「よかったね、喜んでくれて」

「ああ、美緒のお陰や。ありがとうな。あ、オカンの笑顔に免じて、昨夜《ゆうべ》からの色々な発言は許したって」

「うん、いいけど……。でも、私って気に入られちゃったみたいね。合格って雰囲気よね。なんか、ちょっと……」

「ああ、それとこれとは別だって話やろ」

と、川に架かった橋が見えてきた。石の親柱に太閤橋《たいこうはし》と刻まれている。

「星がきれいやなあ」

妹の呟きに、橋の中央でみんなが足を止め、しばし澄み切った夜空を見上げる。

「なんや、しあわせな気分になると飛びたくならへんか」と突然、母が妙なことを言い出した。

そして母は両手を広げ「おかあちゃんはしあわせやあ」と走り出した。鳥か飛行機のつもりなのだろうか。だが、その姿は〝白鳥の湖〟を踊る下手なバレリーナのようで、酷《ひど》く不格好だ。それでも、心は飛んでいる気分なのだろう。

「おかあちゃんがしあわせなら、おとうちゃんもしあわせやでえ」

何を思ったのか、今度は父が同じように両手を広げると母に続いた。

と、それを見ていた妹まで「おかあちゃんとおとうちゃんがしあわせなら、うちかてしあわせやあ」と走った。まさかと宏司に目を向けると「美鈴がしあわせならオレもしあわせやあ」と走り出したではないか。まるで家族飛行隊だ。

思わず「すまん、あんな家族で」と、美緒に謝ると「いいじゃない、みんなしあわせだって言ってるんだから」と、美緒は静かに微笑《ほほえ》んだ。

「ねえ、貴也」

「ん？」

「やっぱり、貴也んちってフツーじゃない」

「ああ、フツーやないなあ」

「うん、フツーじゃない。なんかさ、ものすごくいい家族だよ。だからさ……ああいう家族なら、私さ……私さ、家族になってもいいかなあ」

「え？　それって……」

僕が言葉を言い終えないうちに、美緒は両手を広げた。そして「私も、私もしあわせでーす」と走り出した。その後ろ姿に迷いなど微塵《みじん》も感じられなかった。

僕も大きく手を広げ、美緒の後を追い掛けた。

「そうや、オレもしあわせやでえ」

僕はこのまま本当に、大空を飛べるのではないかと思った。

ピンボケ

中央線を荻窪《おぎくぼ》駅で降り、駅ビルにある寿司屋《すし》でいなり寿司を買った。父の好物だ。もっとも、母の作ったものが好きだったというのが正しい。薄味に煮込んだ油揚げに胡麻《ごま》入りの酢メシを詰める。タマゴサイズのいなり寿司を、ひとりで十個近くは食べたのではないか。それももう叶《かな》わないことだ。

一昨年《おととし》の秋、母が亡くなってから、父は荻窪の実家でひとり暮らしをしている。

俗に、妻に先立たれた夫は気力が萎《な》え、急に老け込むなどと言われているが、父も母の葬儀の後しばらくは落ち込んだ。だが、最近は、母のいない生活にも慣れたのか、傍目《はため》には元気にしているように見える。

それでもひとり娘の私としては、ちゃんと食事をしているだろうか、洗濯物を溜《た》め込んでいないかなどと気がかりで、何かと口実を見つけては、様子を窺《うかが》いに来るのだ。

私たち家族は三鷹《みたか》のマンションに住んでいるので、三十分もあれば実家に着く。だが、専業主婦は何気に忙しいのだ。今日も息子の優太《ゆうた》を幼稚園に送り、掃除、洗濯を済ませて出掛けて来た。なのに父は「だったら、ちょくちょく来なくてもいい」と、憎まれ口を叩《たた》く。その度に「うっかり、孤独死でもされたら、娘の私が悪く言われちゃうんだから」と、言い返すのだ。

日向《ひなた》、日陰を交互に繰り返す住宅街の道路を歩く。この辺りは路地が入り組み、一方通行も多いため、住人以外の人は迷うかもしれない。事実、見慣れない車が、Uターンできずに立ち往生しているところを何度も見たことがある。

生け垣に囲まれた実家が見えてきた。門柱の前で立ち止まり、何気なく家を見上げる。

この家は製鐵《せいてつ》会社に勤めていた祖父が建てたもので、長男の父が譲り受けた。台所やお風呂場といった水回りは父の代になって手を加えてきたが、佇《たたず》まいは古めかしい昭和の匂いがする。

結婚するまでの二十八年間、私はここで両親と三人で暮らした。実は結婚当初、母から「ねえ、いつか二世帯住宅にして一緒に住まない？」と水を向けられていた。私はその提案に乗り気だったが、夫の慶彦《よしひこ》は保険会社に勤めていて、転勤の可能性があった。事実、結婚後間もなく、転勤辞令が出た。新婚早々、夫を単身赴任させられるわけでもなく、結局、札幌に三年、広島に二年と地方での生活を経験した。そして、東京に戻ったときには母の病気のこともあり、建て替えどころではなくなってしまったのだ。

そろそろ、そういう時期なのかな……。もう一度、家を見回した。

呼び鈴を鳴らさず、合鍵を使って玄関へ入ると、居間の方に向かって「お父さん、いる?」と、声を掛けた。

「なんだ、美紗子《みさこ》か」

父は居間から顔だけを覗《のぞ》かせて言った。

「私以外にお父さんって呼ぶ人がいる? まったく、いつ来ても愛想なしなんだから。昨夜《ゆうべ》、電話したでしょ、ちょっと寄るからって」

上がり框《がまち》に腰掛け、ブーツを脱ぐ手を止めて言い返した。

「父さんは別に頼んでない」

「また、どうしてそういう言い方するかな」

父のそういうぶっきらぼうな物言いは、私のみならず、時折、母の怒りを買っていた。

「だから、お母さんに小言を言われたのよ」

「お前は母さんとは違う」

ああ言えばこう言う。だが、強がりを差し引いても、この分なら心配はいらないか。

「さてと、まずはお線香を上げようかしら」

コートを脱ぎながら、庭に面した廊下を通り、奥座敷に置かれた仏壇の前に座った。そして「ただいま」と、母の写真に手を合わせた。

奥座敷から居間へ移る。祖父母が亡くなってから、居間には畳の上に絨毯《じゅうたん》を敷き、応接セットが置かれ洋風になった。私が小学生の頃まで、冬になるとコタツが出され、学校から戻った私は祖父母と一緒にテレビを観《み》ながら、みかんやお菓子を食べたものだ。

父はふたり掛けソファの真ん中にでんと腰を据えていた。新聞を読むときもゴロ寝をするときも、昔から、そうやって広いソファを独り占めしてきた。焦げ茶色の革も随分と年季が入り、表面には擦《こす》れてテカった箇所やひび割れのような白い線が浮かび上がっている。

「うちって寒いわよね」と、手を擦り合わせて息を吹き掛け、テーブルを挟んで父と向かい合わせに座った。

我が家では、エアコンは夏場に使用するものであって、暖房器具の主役は石油ファンヒーターがその座に就いている。少しばかり、灯油臭さはあるが、その匂いを嗅ぐとうちに戻ってきた気がする。だが、気密性の高いマンションと比べると、隙間風がどこからともなく室内に忍び込んでくるせいで、ヒーターが点《つ》いていても寒い気がするのだ。

「お風呂場とかトイレで倒れないでよ」

「分かってる。何度も言うな」

「くれぐれも火の元には気をつけてね」

「まだ六十五だぞ。ヨボヨボの爺《じい》さん扱いをするな」

祖父母と比べれば、見掛けだけでなく若い感じはする。ジーンズにフリースといった出《い》で立ちにも違和感はない。

「ああ、それから、履くなら厚手の靴下……」

「来た早々、あれやこれやと……」

父は途中で私の言葉を遮《さえぎ》った。

「何？」

父は苦笑いを浮かべながら「お前、母さんに、似てきたな」と、最後は微《かす》かに鼻を鳴らした。

「そりゃあ、そうよ。だって母娘《おやこ》なんだし」

「慶彦くんもたまらんな、その調子でやられたんじゃ……。で、今日はなんだ？」

私は小さな紙の手提げ袋を差し出した。

「ほら、もうすぐバレンタインでしょう」

義理チョコを父にあげるようになったのは、いつの頃からだったろうか。自腹を切ってあげるようになったのは大学生になってバイトを始めた頃だ。

「お父さんにチョコをあげる奇特な人なんて、私くらいしかいないと思って」

「大きなお世話だ」と、父は半笑いだ。

父は商社で経理畑ひと筋に働き、定年を迎えた。その後は関連会社の役員を三年務めたが、今は友人の会社の経理を頼まれ、週に三日程だが働いている。

「ちゃんと手作りしたんだからね」

とはいえ、市販の板チョコを溶かし、ハート型に固め直したという微妙に手抜き感のある代物ではある。しかも、夫と息子のために作ったおまけのようなものだ。

「それはそれは、随分とお手間を取らせまして恐縮です」

そう厭味《いやみ》っぽく言い、父は袋の中身を確認するでもなく脇に置いた。

「ねえ、ちょっと、中を見ないの？」

「ん？」

「だから、中を見ないのって訊《き》いてんの」

「どうして？　チョコなんだろ」

「写真撮るんだから」

「はあ、写真？」

「フェイスブックに載せるの。うん、だから、ほら、もう、分かんないかなあ」

「知ってるさ。その、なんだ、フェイスなんとかっていうもんくらい」

「分かってるなら、さっさと出してさ、ニコッと笑顔ひとつ作ってほしいわけよ」

父はやれやれといったふうに頭《かぶり》を振った。

「うちの会社の連中も、何かっていうとカシャカシャ撮ってたな。一体、何が楽しくてやってるんだ？」

改めてそう問われれば、私には明確な理由などない。フェイスブックもラインも、ママ友に勧められて始めたものだ。ただ、半分くらいは除《の》け者にされたくはないという強迫観念のようなものがある。もう半分は、小さなしあわせ自慢のようなものだ。我が家はささやかながらもしあわせに暮らしていますよ、といった具合に。きっと、他の人も少なからず同じような理由に違いない。

「やれやれ、見ればいいんだな、見れば」

いかにも面倒くさそうに父は袋の中から長細い箱を取り出し、金色のリボンを解《ほど》くと、上蓋《うわぶた》を開けた。

「これでいいか」

私はスマホを構えると「はい、笑って」と液晶画面に人差し指でタッチした。すぐに再生して画像を確認する。

「もうっ、やっぱり……。ほらあ、動いたから、ちょっとピンボケになっちゃったじゃない」

「大した差なんかありゃしないだろ。大体、そんなもので撮っても、まともに写りゃあしないよ」

カメラが趣味の父にしてみれば、スマホでの撮影など子ども騙《だま》しにしか思えないのだろう。もっとも、母に言わせれば、下手の横好きなのだが……。

「よく言うわよ。自分が撮るときなんか、いっつも、ああしろこうしろって、自分が納得するまで煩《うるさ》かったくせに」

「昔の話を蒸し返すな。それに、もうカメラはいじってない」

然程《さほど》気にしていなかったものの、そう言われてみれば、父がカメラを手にした姿を、近頃見なくなったような気がする。

「ホント、飽きっぽいんだから」

「そういうわけじゃ……」と言い掛けて、父はその後の言葉を呑《の》み込んだ。

「何？」

「いや、別に……」

「あ、そう、じゃあ、撮り直すからじっとしててよ」

今度はしっかりピントが合っていた。

「はい、もう一枚撮るからね」

「まだ撮るのか、もう充分だろう」

「今度は別角度で撮るの」

「おいおい、チョコひとつ貰《もら》うのにこんな面倒なことしなくちゃいけないのか」

「父親想《おも》いの娘といったところをアピールするんだから、少しくらい協力してくれたって」

父はまた小さく鼻を鳴らした。

結局、六回シャッターを切った。

「はい、おしまい。うーん、少し早いけど、お昼ご飯にしない？　来る途中でおいなりさん買って来たから」

「で、それも撮るのか」

「そっちはいいわ」

「それはありがたいね」

「手作りなら載せても自慢になるけど……」

「誰に似たんだか、その見栄《みえ》っ張りなところは」と、父は溜息《ためいき》を漏らした。

「お父さんに決まってるじゃないの。さて、じゃあ、お茶淹《い》れるわね。あ、袋から折り箱を出しておいて」

居間から続く台所へ入る。長年暮らしてきた家だ。何がどこにあるのかは承知している。

ヤカンを火に掛けながら、あちらこちらに目を配る。

水切りの籠に、母の使っていた湯飲み茶碗がそのままにしてある。父としては仕舞い切れないのだろう。

炊飯器を覗くとご飯も炊かれていた。流しには茶碗や皿が水に浸《つ》けてある。どうやら、食事はちゃんと摂《と》っているようだと安心する。

「おい、皿は夜、まとめて洗うから放っとけよ」

「後でまとめて洗ってあげるわよ」

そう答えながら、シューシューと湯気を出すヤカンをコンロから下ろした。

お盆に載せた湯飲み茶碗を運びながら、廊下越しに庭を見た。

「もうすぐ、梅の花が咲くわね」

「ああ、そうだな。母さんが、梅の花と白木蓮《はくもくれん》の枝を切っては、その花瓶に挿してたっけなあ」

父はそう言って、居間の隅に置かれた物載せ台の白い花瓶に目を向けた。

「花が咲いたら、仏壇に供えてあげるとするか」

「うん、喜ぶんじゃない、きっと……」

私は何度か小さく頷《うなず》いて、そう応えた。

「で、慶彦くんはどうだ？　中間管理職になると、それなりに大変だからな」

父はいなり寿司を口に運びながら尋ねてきた。

夫は昨年、課長に昇進した。それ自体は喜ばしいことだったのだが……。

「特に営業部は、社の外にも内にも、上にも下にも、こう言ってはなんだが、敵がいるもんだし。慶彦くんはなんていうか、真面目なのはいいが、少しばかり線が細い感じがするからなあ」

この頃、遅くに帰宅した夫は、しばらくダイニングの椅子に腰掛け、ぼんやりとしていることが増えた。かと思えば、あからさまな苛立《いらだ》ちが伝わってくることもある。

「ねえ、お父さん……」

「ん？」

「お父さんは離婚とか考えたことない？」

父は少しばかりいなり寿司を喉に詰まらせるように噎《む》せた。

「なんだ、いきなり。もしかして、慶彦くんとうまくいってないのか」

私は口元を歪《ゆが》ませて、すぐには答えなかった。

「おいおい、図星なのか」

父は困ったように首を捻《ひね》った。

「そんなんじゃ……ないけど、さ……。ただ、まあ、この頃、ちょっとしたことで、すぐ口げんかになって」

「どこのうちだってそんなもんだろう。大体な、夫婦からけんかを取ったら何が残るんだ？　言わば、ガス抜きのようなもので必要不可欠なんだよ」

父は笑ってみせたが、どこかぎこちない。

「お父さんとお母さんもよくしてたけどね」

「いやいや、口論っていうのは対等な立場で言い合うものであって、あれは一方的に父さんが小言を言われていたんだ。とはいえ、こっちにも腹の虫の居所が悪い日だってある。そんなときに、ガガッて責められるとな、カチンとくることもあったさ」

「私は責めたりしないわよ。でも、もしも辛《つら》いことがあるなら話してくれればいいのにって言ってるだけ」

「会社にはな、女房にも言えんようないろんなことがあるんだ。それくらい理解してやれ」

「分かってるわよ、そんなこと。でもね……。あーあ、お母さんだったら、なんて言ってくれたかしら」と、私は肩を落とした。

すると、父は伏し目がちに神妙な顔をした。

「ん？　どうかした？」

「いや、お前も話し相手がいなくなってしまったんだな……と思ってさ。母さんが生きていたらこんな話をしていたんじゃないか、こういう愚痴を聞いてくれたんじゃないかって。父さんじゃあ、その代役は無理だ」

と、父は母が生前座っていた私の隣のソファを見た。私もそちらに視線を向けた。

「ヤだ、ちょっと、別にそういうつもりじゃないし。お父さんが頼りにならないって言ってるわけじゃないから……」

私は慌てて手を振りながら否定した。

「でもね、あの人が何に悩んだり、苛々《いらいら》してるのか分からないと困る。お母さんはお父さんのこと、なんでもお見通しって感じだったけど」

「ま、それなりにひとつ屋根の下で暮らしてきたんだ。お互いのことも分かっていたとは思うが、でも果たして、ホントにそうだったかなあ」

「ん？」

父は腰を上げると、サイドボードの引き出しを開け、小さなアルバムを取り出した。そして一枚の写真を抜き取った。

「ほら、これ」

「何?」

そう言って受け取って見ると、そこには父の姿が写っていた。

「母さんが撮ってくれたんだ……」

私は手にした写真にもう一度目を落とした。

半袖の白いポロシャツを着た父が、カメラの方へ手を伸ばしている。その手のひらにピントが合ってしまったのか、背後に写った父の顔は少しぼんやりとしている。なのに「おいおい、やめろよ」と、どこか困ったような照れ臭そうな雰囲気は伝わってくる。

「なあ、美紗子」

「ん?」

「お前は、母さんが父さんのこと、なんでもお見通しだった気がするって言ったろう?」

「うん」

「父さんも本音を言えばそうだと思うよ。ま、そうじゃなくても女っていうのは勘が働く生き物だからな、ははは。でも、妙な言い草だが、この写真を見たときだけは、なんだかほっとしたんだ。母さんに見えてる父さんなんて、これくらいボケてるんじゃないかって」

「え、どういうこと?」

「父さんなあ、母さんに内緒にしてたことがあるんだ……」

小さく咳払《せきばら》いをした後、父は呼吸を整えるように息を吸い込み、そしてゆっくりとそれを吐き出した。

「あれはぁ……母さんが逝った日の二ヶ月くらい前だったかなあ……。庭で、やけに煩く蟬《せみ》が鳴いてたっけ……」

父は振り向くと、庭の楓《かえで》の幹に視線を向けた。

母は五十代の後半、検診の際に胃がんが見つかり、摘出手術を受けた。しばらくは転移も認められなかったのだが、二年ほど経過して還暦を迎えた頃、今度は肺に腫瘍ができてしまったのだ。その後は、抗がん剤治療のための入院と在宅治療を繰り返しながらの闘病生活を余儀なくされていた。

「父さんが、そこの縁側で足の爪を切ってたら、何を思ったのか『最近、あんまり写真を撮ってくれないのね』って母さんが言い出してな」

以前は家族がうんざりするほど、何かというと父からレンズを向けられた。母がいちばんの〝被害者〟だったのだ。

「父さんが『そうだったか』なんてとぼけてたら『久しぶりに撮ってくださいよ』って、母さんが、その引き出しに仕舞っておいたカメラを取り出したんだよ。『別に今じゃなくてもいいだろう。それにバッテリーが切れてるし。後でな』ってカメラを受け取らなかった。そしたら『もう肝心なときに用が足りないんだから』って言われたよ。弱ったせいで、大分声も掠《かす》れてたのに、文句を言うときだけはしっかりした口調でな、ははは。でな、何を急に思ったのか『じゃあ、私があなたを撮ってあげるわ』って、自分のケータイをこっちに向けてな、カシャって……。それがそのときの一枚だ」

母が自ら撮影することなど珍しいことだ。もしかしたら、母は無意識に何かを遺《のこ》そうとしたのではないか……ふと、そんな気がした。

「で、その後、お母さんを撮ってあげたの？」

父は小さく頭を振ると「随分と弱ってたしな、そんな姿を……」と、言葉を詰まらせた。

元気な頃の母はぽっちゃりした体型を気にしているようだったが、本人が思うほど太って見えたわけではなかった。もっとも同性としては、そんな気持ちも分からなくはないけれど……。

そんな母が、少しずつ痩《や》せていく自分の姿を鏡に映し「やっぱり女は少しばかりぽっちゃりしてた方が若く見えるのねえ」と、細さの際立った首筋に触れながら呟《つぶや》いた。傍《かたわ》らにいた私は、どう声を掛けたらよいものかと、一瞬、困ったことを覚えている。

「でも、本当はさ、純粋に撮ってもらいたかったんじゃないの、お父さんに……。口では迷惑だなんて言ってたけど、ぱたっとなくなったらなくなったで、ちょっと淋《さび》しかったんじゃないのかな」

「ああ、そうだったかもしれないな……だけどな……」

父は湯飲み茶碗を口に運ぶとお茶を啜《すす》った。

しばし静寂が生まれると、ご近所で飼っている犬の鳴き声が聞こえた。

父は視線を宙に向けながら「あのな……昔、まだ、母さんが元気だった頃、熱海《あたみ》に行っただろう」と口を開いた。

私が大学生になり、自分の予定を優先するようになると、両親はよく連れ立って旅行に出掛けた。そして帰って来ると「もう一緒に行かない」と口々に文句を言ったのだ。

が、しばらくすると、日光へ紅葉狩りだ、角館《かくのだて》へ桜を観にだと、性懲りもなく出掛けた。そして頼んでもいないのに、戻った父から大量に撮影された写真を、カメラの液晶画面で見せられたものだ。そこには決まって多くの母の姿が写っていた。

「なんだかんだ言っても、お父さんとお母さんは仲がいいんだよね」

からかい半分にそう言ったものの、娘としては両親の仲がよいことは喜ばしかったし、いずれ私が嫁いでも、案外ふたりで楽しく暮らしていくのだろうと安心したものだ。

父が定年になり、時間に融通が利くようになれば、国内はもとより、マチュピチュやエジプトのピラミッド、カッパドキア……世界遺産巡りをしたいなどと母が言っていたことを思い出す。

「お父さんが行かないって言うなら、美紗子とでもいいわ」と、父を牽制《けんせい》しつつも、多少、英語に覚えのある父は海外で頼りになるはずだったので、本心は夫婦揃《そろ》って出掛けたかったに違いない。勿論《もちろん》、英語が喋《しゃべ》れるかどうかは二の次だとは思うが……。

もし母の願いが叶っていたら、旅先でけんかになったという土産話をたくさん聞かされていたのかもしれない。改めて残念な気分になる。

「で、熱海で何かあったの?」

「帰り道、海鮮丼とあさりの味噌《みそ》汁が旨《うま》いと評判の食堂で昼ご飯を食べることにした。二階の座敷から光る海が見えてきれいだったんだ。それで海をバックに、母さんを撮ろうとしてカメラを構え、シャッターを切ったんだ。そしたら、案の定『食べるときくらいカメラを置いたら。折角のご飯を落ち着いて食べられないじゃないですか』って叱られたよ」

叱られたと頭を掻《か》きながらも、父の表情は嬉しそうでもあり、想い出を懐かしむような雰囲気を漂わせている。

「それでもシャッターを押し続けていたらな。『大昔、写真を撮られると魂を抜き取られるって言われてたんでしょ』……なんて突然言い出した。『ばかばかしい』って笑ったんだけど、母さんは『あら、そうなのかしら。もしかして、私の魂を抜き取ろうってしてない？　ああ、さては私が早死にすればいいって思ってるんでしょ?』って睨《にら》んだんだよ。そりゃあ、冗談だってことは分かったさ。それに健康で病気の心配も何もなかったときの話だからな、父さんも『お、バレたか』なんて軽口を返したもんさ」

父はもうひと口お茶を啜った。そしてまた遠くに目を向け話を続けた。

「胃がんが見つかったときは、早期発見っていうこともあって、薄情かもしれんが、なんとなく大丈夫だろうと思ってたんだ。だが、肺への転移が分かったときは、さすがに応《こた》えた。で、ある晩、ひとりでカメラの手入れをしていたときに、どうしたわけだか、熱海の食堂でのやり取りを思い出してな……。もう随分と前のことなのに……。あ、もしかしたら、あいつが病気になっちまったのはオレのせいだったかなって……。オレがあいつの魂を抜き取ってしまったんじゃないのかって……」

父の顔つきはさっきとは打って変わって沈痛なものになった。

「何言ってるのよ、もう……そんなことあるわけないでしょ」

私は努めて明るさを装い、小刻みに手を振って否定した。

「ああ、勿論、そんなことがあるわけがないと思ってるさ。だがな、どうにも喉に引っ掛かった魚の小骨みたいに気になってなあ」

言った当人にしてみればどうってことのないひと言が、言われた側にすると妙に残ることはあるものだ。

私も、夫が以前、何気なくぽそっとこぼしたことがずっと気になっている。

それが善いことにしろ悪いことにしろ……。

「美紗子のオデコの生え際ってきれいだよな」

そう誉《ほ》められてから、ここぞという場面では髪をアップにした。反対に「美紗子の指ってちょっと節がゴツいよな」と言われ、それからはできるだけ指を人目に晒《さら》さないように気を払うようになった。夫は、そんなことにはまったく気づいていない様子だが……。

「まあ、魂云々《うんぬん》のことは別にしても、あのとき『バレたか』なんて軽口を言わず『そんなことがあるか。お前は何があっても大丈夫だ』ってなぜ否定しなかったんだろうって悔やんだ。そう言ってやっていたら、あいつはこんなことにはならなかったんじゃないかってなあ……」

微かに父が目を潤ませる。それを私に気づかれまいとしたのか顔を横に向けた。そしてまた、咳払いをした。

「そういうこともあって、その晩からカメラに触るのをやめたんだ。まあ、なんだ、ひとつの願掛けのようなもんだな。好きなものを断てば、母さんの病気が治りゃしないものかと思って……」

父は一旦言葉を区切ると、俯《うつむ》き加減に一度洟《はな》を啜った。

それにしても、父がそんなに前からカメラを封印していたなんて全然気づかなかった。父を見る私の目も焦点が合っていなかったということなのだろう。

「だからあのとき、写真を撮ってくれって頼まれても、そうしてやれなかったわけだ。まあ、母さんのことだ、カメラをいじらなくなったのには何かわけがあるだろうと勘ぐっていたに違いない。でも、こんな理由があるとまでは分からなかったはずだ」

父は自嘲《じちょう》気味《ぎみ》に小さく頷いてみせた。

「それに、そんな願掛けをしてたなんて知られるのは、なんだか照れ臭いだろう？　なんと言うか、男として、いや、亭主としては少しばかりかっこ悪い気もするし」

「もう、ばっかじゃないの。そんなところで見栄なんて張らなくてもいいのに……」

私は呆《あき》れるように何度も首を振った。でも、そんなところが父らしい。照れ臭いだの、かっこ悪いだのと言いながらも、それは母に対しての愛情の裏返しなのだろう。

ああ、そうか……もしかしたら、夫にもそういうところがあるのかもしれない。だとすると、夫婦というのは、相当に面倒臭いものなのだ。そう思うと思わず苦笑いが出た。

ふと腕時計を見ると、午後一時を回っていた。

「あら、もうこんな時間？　優太を迎えに行かなくちゃ」

父とこんなに話し込むなど、これまでに一度もなかったことだ。でも、父の胸の内を聞けてよかったと思う。

「じゃあ、私、帰るね」

急ぎソファから立ち上がると、コートを羽織り、バッグを持った。

私は奥座敷の仏壇に向かって「お母さん、また近い内に顔を見せに来るからね」と手を振り、廊下の板をギシギシ鳴らしながら玄関へと向かった。

すると、いつもは見送りなどしない父が後に付いてきた。

「玄関寒いし、見送りなんていいわよ。ちゃんと鍵閉めて帰るから」

「美紗子」

上がり框に腰掛け、ブーツを履く私に、父が背後から声を掛けた。

「ん、何？」

「あのな、慶彦くんのことだがな」

「うん」

「ま、なんだ、しばらく放っといてあげればいいんじゃないのか。たまには、けんかをするのも悪くはないが、女をつくったとか、ギャンブルにハマったとか、よからぬ借金をしてるとかっていうんじゃないんだったら、な」

「うん、まあ、そうだけど……」

「本人が聞いてほしくなればちゃんと話すだろうし。それまでは、知らんぷりして見守ってやるのも賢い女……いや、女房の度量ってもんじゃないのか。夫婦なんて関係は、少しピンボケくらいで丁度いいのかもしれないな。虫眼鏡片手になんでも探ってやろうっていうのはいただけない。まあ、母さんが生きていたら、もっと違ったアドバイスをしたかもしれんが……。ま、今日のところは父さんで我慢しろ」

「分かったわ。じゃあ、お父さんの顔を立てるとして、しばらく様子見してみる」

「それがいい。お、そうだ。慶彦くんに、仕事も忙しいだろうが、今度酒につきあってくれって言っといてくれ。たまには男同士で飲んでみたいからな」

「男同士ねえ……」

私はそう呟いただけで、それ以上言葉を発しなかったが、それとなく夫に探りを入れてみるつもりなのだろう。

「言っとくわ。あ、そうだ、お父さん」

「どうした？」

「優太の卒園式に来る？」

私は父の方へ振り向かずに問い掛けた。

「ん？」

「来てさ、写真撮ってほしいのよ」

「いや、まあ、だけどな……」

ブーツを履き終えた私はすっくと立ち上がり、父を真っすぐに見た。

「大丈夫。いくらお父さんが写真撮ったって、みんなの魂が吸い取られることなんてないし。それにお父さんの告白、お仏壇まで届いてたわよ。お母さん、きっとまた怒ってるわ。『そんなことでカメラをやめたんですか』って」

私は軽く頷きながら笑ってみせた。

母にしてみれば怒るというより悲しんでいるかもしれないと思ったのだ。自分の言ったことが理由で父の楽しみを奪ってしまったかもしれないと……。ならば、父にはもう一度カメラを手にしてもらいたい。

「お母さんの分まで、優太の成長を見届けてあげてよ。そしてさ、お母さんに報告してあげたら? その方がきっと喜ぶわよ、お母さん。あ、でも、ひとつお願いいね、優太の写真はピンボケなしで頼むわよ」

私がそう言って笑うと、父はつられるようにぎこちなく微笑《ほほえ》むだけで何も言わなかった。それでも、私には卒園式でカメラを構える父の姿がはっきりと見えていた。

温かいお札

ＪＲ新宿駅の西口改札を出て、券売機寄りの空《す》いた場所に身を置いた。

帰宅ラッシュの時間とあって、人酔いするほどの往来がある。私が住む上板《かみいた》橋《ばし》駅周辺とは比べ物にならない。同じ東京区内といえども、やはり都心は別世界なのだ。

腕時計に目を落とすとまだ六時半だった。

「そんなに焦って来なくてもいいからね」と息子から念を押されたのに、遅れまいと早くに勤め先を出たものだから、待ち合わせ時間より、三十分も早く着いてしまった。こんなことにまで、つい貧乏性の顔が出てしまうものかと自嘲《じちよう》気味《ぎみ》に小さく鼻から息を抜いて笑った。それでも気が急《せ》いたのは、息子に会えるというイソイソ感が勝っていたせいだ。

昨夜《ゆうべ》、息子から電話をもらった。

――あ、母さん？　オレ、隆弘《たかひろ》だけど……。

――ああ、隆弘。どうしたの？

――あのさあ、急な話で悪いんだけど、明日の夜とか時間ある？

これといって用事はない。いつものように晩ご飯を食べてテレビでも見るくらいのものだ。

――う、うん、空いてるけど。

――よかった。じゃあ、一緒にメシでも食わない？

――ご飯？

――いや、ほら、初めての給料が出たから……。ま、そういうことさ。

息子の声には、少しばかり照れ臭そうな響きがあった。

隆弘はこの春、大学を卒業し、幕張《まくはり》に本社を構える大手流通会社に就職した。

テレビのニュースでは景気は上向きだと告げることもあるが、少なくとも私にはそんな実感はない。もっとも、この十数年程、社会の底辺で生きてきた感がある。

息子の就職活動とて厳しかったようで、本命視していた商社には入れなかったのだ。それでも、今の会社から内定を受けたと、しかも本社採用という朗報を聞かされたときにはほっとしたものだ。

ただ、うちから幕張まで通勤するとなると時間がかかる。会社の近くに独身寮があり、そこに入れば大分便がいい。しかし、息子は決めかねている様子だった。

夫を亡くしてから、母子ふたりきりの生活が続いた。ひとり暮らしになるのは、正直なところ淋《さび》しさや不安もあった。そんな気持ちを察したのだろう「いいよ、うちから通うから」と、息子は気遣ったのだ。

「通勤で疲れちゃったら、しっかり仕事ができないじゃない。お母さん、まだ五十よ。全然、大丈夫だから」と、私は入寮を勧めた。

とは強がってみたものの、長年一緒に暮らしてきた狭い部屋から息子の気配が消えると、妙に広く感じられ、息子が使っていた食器は言うに及ばず、歯ブラシまでも片付けられないままだ。

——本当はさ、連休にでもゆっくりと行きたいところだったんだけど、どうも、新人は研修の一環で現場に駆り出されるようでさ。

この週末からゴールデンウィークに入ろうとしている。会社によっては十一連休と長い休みになるそうだ。

——オレ、松戸《まつど》店でセールの呼び込みだってさ。

——だったら、明日じゃなくても、もっとあんたの都合がつくときでいいのに。

——いや、こういうことはさ、後回しにするとズルズルになっちゃうだろう。そして結局、行かなかったってことにもなるからね。それに初月給で食べるから意味があるんじゃないか。

息子のやさしい心根が嬉しくてたまらなくなった。でも……。

——いいよ、お母さん、何も食べたいものなんてないから。

——また、どうしてそういうこと言うかな。遠慮すんなよな。

息子は呆《あき》れたように不満の声を漏らした。

——別に遠慮なんかしてないよ。ただ……。

——フレンチでもイタリアンでも、あ、和食の方がいい？　もっとも超一流店ってわけにはいかないけどさ。あ、そうだ。

息子は何か思いついたといったふうに声を上げた。

──じゃあさ、焼肉ってどう？

──お母さんはいいけど。

──ミツオんちに食いに行ってもいいけど……。なんて言うか、その、ちょっとばかり復讐《ふくしゅう》するつもりでさ。

ミツオとは地元の商店街で焼肉店を経営している家の子で、息子とは小中学校の同級生だ。

あれは夫が亡くなって三年経《た》った頃だから、息子が小学五年生のときだったか……。

私がパートの仕事から戻ると灯《あか》りも点《つ》けず、部屋の隅っこでしょんぼりとした様子でしゃがみ込んでいた。

「どうしたの？　何があったの？」

最初のうちは何を訊《き》いても答えようとしなかったが、しつこく問い質《ただ》すと

「お前んちはビンボーだから、うちに食べに来られないんだってばかにされた」と、涙を目に溜《た》めながら話し始めた。

その焼肉店は地元では評判の店で、クラスの大半の子たちが家族連れで行ったことがあったようだ。

「じゃあ、今度行こう」と言っても、息子は首を縦に振らなかった。息子なりの意地があったのかもしれない。そういう意地の張り方は、きっと私譲りなのだろう。結局、今の今まで一度も行ったことがない。

——あんな薄汚れた店に行って、今更憂さを晴らしたってしようがないし。ま、折角だから、もっといい焼肉屋に行こう。じゃあ、明日、新宿駅西口改札、七時ということで。

そんな電話のやり取りを思い出しながら、ふと目を上げると、人込みに紛れながら、何やら物をいっぱい詰め込んだ紙袋を両手にぶら下げた、おそらく年配であろう男がヨロヨロと私の前を通り過ぎた。伸び放題の髪や髭《ひげ》、その風体からホームレスであるに違いない。

見知らぬ他人のことをとやかく言えた身ではないが、ああいう姿になってい
たとしてもおかしくはなかったのだ。
人生には思わぬ落とし穴、いや一度足を踏み入れるとなかなか脱することの
できない沼地がある。そのズブズブと身も心も引きずり込もうとする沼地にハ
マる原因で、いちばんキツいのがお金だ。しあわせはお金では買えないと言う
人もいるが、それはあくまで余裕のある人の言い分なのだ。
特に東京はきらきらと光を放つ分、暗闇に迷い込んだ人間には冷たい。も
し、東京に出て来なかったとしたら、私の人生はどんなものになっていたのだ
ろう……。そう思うと期せずして、深い溜息《ためいき》がこぼれた。

私の実家は、北陸の漁業の町にある。三人の兄たちがいて、私はその末っ子
として生まれた。祖父も父も漁師で、祖母に母を加えると、一家八人という大
所帯だった。

俗にいう〝お大尽〟ではなかったが、貧しさを感じるような家ではなかった。

中学生になった頃、私はテレビや雑誌に刺激され、東京での生活に憧れを持つようになった。そんなことを口にすると、家族からはこぞって反対された。取り分け父は「芳子《よしこ》は、ここにいて近くに嫁に行くんだ」と決めつけていた。

唯一の味方は母だったが「芳子の気持ちも分からないわけじゃない。行くのはいいけど、結婚はこっちでして」と、いった具合に、最後は釘《くぎ》を刺された。

結局、母のとりなしで父は渋々折れた。私は地元の商業高校を卒業し、遠縁のツテを頼り、本郷《ほんごう》にある医療器具の製造販売会社で事務員として雇ってもらったのだ。

働き始めて丸四年が過ぎた春、大学を卒業した新入社員が入ってきた。それが平岡貢《ひらおかみつぐ》で、後に、私の夫となる人だった。

平岡とは同い年ということもあり、話題が嚙《か》み合い、いつしか交際が始まった。

やがてバブル景気が訪れ、誰もが皆、浮かれた時代になった。社長の前畑《まえはた》は外車を取っ替え引っ替え乗り回し、随分と羽振りがよさそうだった。

私といえば、さすがにボディコン姿でディスコのお立ち台に上り、扇子を振り回すような真似事《まねごと》はしなかったが、平岡からブランド物のバッグやアクセサリーをプレゼントされたりと、少しばかり浮かれ気分を味わった。

バブル景気の真っただ中、私たちは結婚した。

父には「親子の縁を切る」とまで言われ、猛反対された。そのときも母が父を宥《なだ》めてくれた。

地元に戻っての結婚を望んでいた母の期待を裏切ることになってしまったことは悔やまれたが、東京で暮らし続けることに迷いはなかった。

隆弘が生まれた頃、世間ではバブルの終焉《しゅうえん》が囁《ささや》かれるようになった。寿退社して家庭に入っていた私には、その深刻さなど分からなかった。だが、沼地は大きな口を開けて、私たちが足を滑らすのを待っていたのだ。

ある晩のこと、帰宅した夫が青ざめた表情で「おい、うちの会社ヤバいぞ」と告げた。

後に知ることになるのだが、社長の前畑は株取引と不動産転売に手を染めていた。バブル景気の崩壊で、相当な額の損失を埋め合わせるために会社の資産まで食い潰《つぶ》してしまっていたのだ。前畑とその一家は雲隠れをしてしまい、社員は見捨てられたのだ。

「前畑はどこだっ」「返すもんはさっさと返さんか」などと口走り、会社に押し寄せた債権者たちは、単なる従業員の夫たちにも厳しい口調で返済を迫ったようだ。

間もなく会社は倒産し、夫はビルの夜警の仕事に就いた。本人としては緊急避難的な処置のつもりだったのだ。日中、時間のあるときには、別口の勤め先を探した。しかし、思うような働き口が見つからず、加えて夜警の仕事は水が合わなかったのだろう、一年半もすると体調不良を訴えた。

検査の結果、夫は重い肝硬変を患っていることが判明した。そして入退院を繰り返した後、息を引き取った。

葬儀の後、母から「隆弘と一緒にうちに戻って来れば」と言われた。夫の実家は高知にあった。しかし、両親はすでに他界していて縁も薄くなっていた。そういう状況を知っている母にしてみれば、娘だけでなく、孫の行く末が心配だったに違いない。なのに、私は「なんとかなるから、心配しないで」と断った。見栄《みえ》や意地を張っている場合ではないと理解できていたのだが、父や兄たちから「それみたことか」と厭味《いやみ》を言われるのがイヤだったのだ。加えて、苦手とする兄嫁が家の中を仕切るようになっていた。だから、生活に窮したからといっておいそれと帰るわけにもいかない。ついぞ頭を下げて、実家を頼ることはしなかった。

「母さん」

その声にはっと我に返った。いつの間にか息子が目の前に立っていた。その顔を見るとほっとして、深く吸った息を吐き出した。

ほぼ一ヶ月振りに見るスーツ姿の息子は一端《いっぱし》の勤め人に見え、爪先から頭の天辺《てっぺん》までまじまじと見た。

「ん、何、どうかした？」

「ううん、その、隆弘が立派になってくれてよかったたって思って」

ふと感傷的になり、じんわりと熱いものが鼻の奥を突いた。慌てて軽く折り曲げた指で鼻を押さえてごまかした。

「立派って……。もう、勘弁してくれよ」

息子は鼻の頭を掻《か》きながら苦笑いだ。

「じゃあ、行こうか。予約、七時半にしといたから、ボチボチ歩いていけば丁度いい時間かな」

都庁方面へと歩き出す息子の後を追った。程なくして、見上げる副都心の夜空に、にょっきりと突き刺さるようなビル群が見えてきた。

「隆弘とこうやって待ち合わせしてご飯に連れて行ってもらえるなんて、ホント、夢のようだわ」

「突然、なんだよ。ま、でも、母さんのお陰ちゅうことだよ。母さんがオレのためにがんばってくれたから」

他所様《よそ》の苦労と自分たちの苦労を天秤《てんびん》にかけることなどできないが、息子を育てるのは苦しかったのひと言に尽きる。

夫の保険が下りたり、多少の蓄えはあったというものの、そういうお金など切り崩していかねばどうにもならなかった。それでも息子を大学へやるだけのお金は死守せねばならないと覚悟を決めていた。

夫を亡くした後、安いアパートへ引っ越し、高校生や大学生に交じってファミレスで働いた。

月のはじめ、食卓の上に、これは家賃、こっちは水道ガス電気代、これが食費、そして学費……そうやって一ヶ月の生活に必要なお金を振り分け、茶封筒に入れた。そうしていると、お金というものは、血の通わない冷たいものに思え、無性に腹立たしくなったものだ。

思えば、息子にも我慢を強いた。友達が持っているようなゲーム機を買い与えるでもなく、随分と肩身の狭い思いをさせた。

「オレ、高校出たら働くよ」

熟慮するまでもなく、我が家の家計は火の車であることなど容易に察しがついたのだろう。息子はハナから大学進学をあきらめていたようだ。

「行ける学力があるなら行きなさい。なーに、お金のことなんて心配しなくていいから」

そんな言葉など信用してはくれなかったのだろうが、息子はちょっぴり嬉しそうに頷《うなず》いた。

私が大学にこだわったのには訳がある。

経済力のない者に、もし這《は》い上がる手段があるとすれば、それは知識……いや知恵を身につけることでしかない。大学で強く生き抜く知恵を身につけられるかどうかは、甚《はなは》だ疑問だったが、大卒の学歴がなければ就職の選択の幅は狭まる。少なくとも名の通った企業からは門前払いされてしまう。大学は手段なのだ。勿論《もちろん》、大企業であっても、いつ傾くか分からない世の中だ。だとしても、中小企業と比べれば基礎体力が違う。新聞記事の受け売りかもしれないが、なんだかんだと言っても、最終的に大企業は守られる。ならば、リスクは少ない方がいい。

「やれるだけ、がんばるよ」

個室があるわけでもなく、襖《ふすま》を挟んだ台所の食卓で、息子は問題集と闘っていた。

エアコンの電気代を気にしながら、夏はTシャツ一枚で、冬はコートを羽織って勉強した。その背中を見るたびに申し訳なさと歯痒《はがゆ》さが入り混じって悔し涙が出た。

が、その甲斐《かい》もあって、息子は現役での合格を勝ち取ったのだ。

「でもさ、母さん、ごめんな……。ホントは国立の大学に進めればよかったけど、オレ、理系がだめだったから」

「そんなことといいの。よかったねえ、ホントに……。おめでとう」

苦労が報われた瞬間だった。私は感無量な気分に浸ったのだ。

そんな場面を思い出しながら、並んで歩く息子の顔をしみじみと見上げた。

「このビルの最上階にあるんだ」

息子が視線を空に向けた。つられるように私も見上げた。こんな高層ビルに焼肉店があるの……。私はしばらくそのままの姿勢で佇《たたず》んだ。

「何やってんの？　こっちこっち」

振り向いた息子が手招きする。

「あ、ああ、ごめんね」

私は小走りに後を追った。

大きな回転扉があり、息子は気遣うように私の背中に手を添え、扉を回した。

広々としたエントランスには会社勤めの人たちの姿が多数あり、どこかの大企業のロビーに迷い込んだ気分になる。

「えーと、エレベータは……っと」

息子は辺りを見回し、フロアガイドを探した。私など、とてもすんなり探せるはずもない。

「あっ、あっちだね」

ロビーの奥にエレベータが六基並んでいた。二十五階までのものと、それより上の階用、更に五十階から五十三階にあるレストランフロア専用に分かれているようだ。

ピンポンという音がして、扉脇のランプがオレンジ色に点灯した。

エレベータ内に入り、息子が五十三階のボタンを押す。と、柔らかな糸にでも引き上げられるようにふわりと箱は宙へ舞い上り始めた。そしてあっという間に到着した。

気圧のせいなのだろう、少しばかり耳が塞《ふさ》がれたように遠くなる。私は小さく唾を呑《の》み込んだ。

「お、あれだ」

息子が指差す方向、和食、中華と店舗が並んだ通路の行き止まりに、朱色の大きな扉が見えた。その脇に店名が金文字で書かれた看板が掲げてある。中に足を踏み入れると、樽《たる》ほどの大きな花瓶に色とりどりの生花が生けられていた。それは私の身の丈ほどもある。

高級で有名なチェーン店であることは知っている。昔、夫と二度ばかり行ったことはあるが、同じ系列店ではあってもこれほどの豪華さはなかった。思わず、場違いな場所に来てしまったようで気後れする。

「予約した平岡です」

息子がそう告げると、黒服の男性が「平岡様、お待ちしておりました」と会釈して答えた。

その案内係の後に続き、店内の通路を通る。きょろきょろと落ち着きなく周囲を見回す。どうやら満席のようだ。しかし、私たちのような親子連れの姿は見られない。それにしても焼肉店に付き物のもうもうとした煙などない。

「こちらのお席になります」

案内されたのは、一面のガラス窓に向かって隣り合わせに座る座席だ。

「母さんとカップルシートかあ……ビミョーだなあ」

息子は戯《ざ》れ言《ごと》を言って笑った。

「悪かったわね。だったら、私なんかと来るんじゃなく、カノジョと一緒に来ればいいのに」

「今はそんな相手もいないし」

今は……かあ。大学生の頃、カノジョらしき子の影は感じたものの、紹介されたことなどなかった。こんな母親では恥ずかしいと思っていたのかもしれない。

「今日は母さんへのお礼のためだから。ま、その内そういう子ができたら、三人で来ようか」

息子は照れ臭そうに、鼻の頭を掻いて笑った。

「イヤよ、お邪魔虫になるなんて」と返したが、ちゃんと紹介をしてもらえるのだと、どこかほっとした。

用意された白いエプロンを掛け、店員から渡されたおしぼりで手を拭きながら、息子は改めて眼下の夜景に目を向けた。

「な、きれいだろう?」

それは副都心の光という光をすべて集めたような美しい輝きを放っている。

「ネットで調べて、ここにしようって思ったんだ」

「こんな夜景を見るなんて、いつ振りかしら」

夫とつきあい始めた頃、品川にあるホテルのバーに行ったことがあった。あれが最後だったような気がする。以来、とんと縁のない場所になってしまった。

「ふーん、そっか……父さんもデートで夜景なんか見る人だったんだ。もし父さんが生きていてくれれば一緒に来られたんだけどなあ」

息子は感慨深げに何度か頷いた。

夫がこの場に居たとしたら、どんな顔をしたのだろうか、どんな話をしたのだろうか。ふとそんなことを思うと残念な気分になる。

「ああ、ごめんごめん、しんみりさせちゃったね。ま、父さんの分まで楽しんでよ。じゃあ、とりあえず、ビールでいいよね?」

お酒は日頃からあまり口にする方ではないが、今日は特別だ。夫の代役も含め、私はつきあうことにした。

「ああ、腹減った。オレさ、焼肉に懸けてたんで、昼飯少し控えたんだよ」

そう屈託なく笑う顔が幼い子どものようで、ついおかしくなる。

「ん、何、どうかした?」

私は頭《かぶり》を振って「なんでもない」と返した。こんなことにしあわせを感じられる余裕が戻りつつあることが嬉しかったのだ。

「あ、そう……。さあて、何にするかな?」

息子は革張りのメニューを開いた。

「母さんも好きなもん、なんでも選んでよ」

そう言われ目を落とした値段に驚く。

「もうっ、ここまで来て、そうやって値段を気にするかな……ほら、顔に出てるよ、ははは。ま、確かに、オレも食べ放題とかの店しか行ったことないんでビビるけど。でも今日は任せなさい、オレに」

「じゃあ、大船に乗ったつもりで任せましょう」

「はいはい、了解です。えーと、タン塩は外せないよね、それから、カルビ、あ、この際、上カルビ、いやいや、どーんと特選いっちゃう？」

そんなふうにメニューを選ぶ息子に誇らしささえ感じる。反面、成長した息子との間に少しずつ距離が生まれるようでもあり、淋しさも味わう。親の、いや母親の胸の内はかくも複雑なのだ……と改めて思い知らされる。

次々とテーブルに皿が運ばれてきた。白い器には肉が美しく盛られている。高ければ美味《おい》しいというものではないが、食欲をそそるには見た目も大切なのだ。

息子が手際よくタン塩を一枚一枚網の上に載せる。すると香ばしい匂いが漂った。

「ほら、もういけるよ」

箸を伸ばして焼けた肉を口に運ぶ。その度に「旨《うま》いね」「美味しいね」と顔を見合わせる。

「で、仕事はどうなの?」

「うーん、まだ様子見しながらだけど、まあ、なんとか無難にやってるって感じかな」

「あ、格好や身だしなみには気を遣うのよ。スーツだって、まだいくつか必要なんじゃない? 人は見掛けによらないなんて言うけど、結局のところ、他人は外見で判断するもんなんだから」

「ああ、分かってるよ」

「ホントに分かってるの? あ、そうだ、ネクタイ、買ってあげようか」

「いいよ、自分で買うし。そんなことより、ひとりで大丈夫なのかよ」

「私? 私は大丈夫よ」

「どうだか。それこそ、ホントかねえ、だよ」

次第に軽口の応酬が始まった。そんな他愛《たわい》ない内容でも、話し相手がいる食事というものはいい。やはり、ひとりきりの食卓は侘《わび》しいのだ。それには、どうにも慣れそうにはない。

「オレがいなくて淋しくて、毎晩泣いてんじゃないかって心配してたんだよ」

「泣くわけないでしょ……。いやまあ、ちょっとは心細いって思うこともあるけど……」

ふと、田舎の両親もこんな気持ちだったのかもしれない……と、しばし考え込んだ。不意に口にしたビールが殊更に苦く感じた。

「どうしたの？」

「ううん、別に。ただね……母さんが東京へ出てきた頃のことを思い出したの。母さんは……親の期待にことごとく背いてきたから」

「後悔してるんだ？」

「そう思うこともあったけどって話。ううん、今更だもの、どうにもならないじゃない。でーも、そんな私の子が、こんなに親孝行な息子になってくれて。

因果応報ってね、子どもに足蹴にされてもおかしくないんだけど、隆弘が親思いの子に育ってくれて、お母さん、嬉しいわ」

「おいおい、やめてくれよ、そんなにマジに言われると薄気味悪いし」

息子は困ったような照れ臭いような笑みを浮かべた。

「ま、いいや、さあ、締めは石焼ビビンバだ」

息子はそう言うとビビンバを取り分けた。


「うーっ、食ったねえ」

息子は上体を反らしながら胃の辺りを摩《さす》った。

「お母さんもお腹《なか》いっぱい。ごちそうさま」

サービスで出されたデザートの抹茶アイスクリームまでしっかり食べた。

しあわせな満腹感に浸りながら、しばし黙って煌《きら》めく夜景を見下ろしていた。

「あのさ、母さん……」

と、何やら息子が神妙な声で話し掛けてきた。

息子は黒い長財布を取り出し、その中から名刺ほどの大きさに折り畳まれた白い紙を抜き取った。どうやら、罫線《けいせん》の具合から、その紙は大学ノートの一枚のようだ。ただ随分としわくちゃになっている。なんだろうと思っていると、それをゆっくりと開いた。

「このお金、覚えてる?」

差し出されたのは五千円札だった。しかし、私には思い当たる節がなかった。

「五千円札……。これがどうかした?」

「忘れても仕方ないよな、大昔のことだしさ」

大昔のこと……。私は頭の中で記憶の糸を手繰り寄せたが何も浮かんではこなかった。

「母さんから貰《もら》ったんだよ、これ」

「え、私から?」

少しばかり素っ頓狂な声をあげた。すっかり忘れていたのだ。

「ほら、ミツオに『ビンボーだからうちの店に食べに来られない』ってばかにされたことがあっただろう。で、母さんが行こうって言ってくれても、オレは行かないって断った。あのときさ、意地でもミツオんちなんかで焼肉を食うもんかって思ったんだ。なんて言うかさ、母さんががんばって働いているのに、そういうことまでばかにされた気がして。だから、あいつんちに食べに行ったら、オレも母さんをばかにすることになるんじゃないかって気がしてさ」

単に意地を張ったのではなく、私を思い遣《や》ってのことだったのだ。

「そしたら母さんが『じゃあ、行きたくなったら行っておいで』ってオレの手にお金を握らせたんだ。でもさ、冷静に考えてみなよ。小学生がひとりで焼肉食ってるって、相当ヘンな図だぜ。そういうところに気づかないっていうのも、母さんってなかなかの天然だよね」

息子は呆れたように、それでいて、どこか愉快そうに声を出して笑った。

「結局、使わず仕舞いだった。だけど、それでよかったんだ。このお金はオレのお守りでもあったし、へこんだときは『がんばれよ、オレ』って励ましにもなったからね。お金っていうのは、使っても使わなくても心の支えになるんだなあって思ったよ。とは言うものの、気兼ねなく使えた方がいいんだけどね。まあ、現実はそうもいかないし。ホントはさ、初任給貰ったら、何か記念に残るような物でもプレゼントしたかったんだけど、忙しくてゆっくり選んでる暇もなかったし……。もっとも、そう大した物なんて買えそうにないけど。ま、それは夏の、いや、暮れのボーナスまで待ってくれよ」

「何も要らないって。ここに連れて来てもらえただけでも充分なんだから」

「そんなわけにはいかないよ。で、その代わりと言っちゃなんだけど」

息子は上着の内ポケットを探ると封筒を取り出した。

「はい、これ」

「何？」

「旅費にして」

「ん、旅費?」

「行っておいでよ、おじいちゃんとおばあちゃんに会いに」

息子は小さく何度か頷いた。

「隆弘……だけど、その……」

私はうろたえてしどろもどろになった。

「オレにできるいちばんの親孝行ってなんだろうって考えてみたんだ。うん、知ってるよ、おじいちゃんとソリが合わないんだろう? それでも本当は会いたいんじゃないの?」

「だけど……」

そう言い掛けた私の言葉を手で遮ると「切符を買ってしまおうかと思ったんだけど、母さんの都合もあるだろうからさ。ま、味気ないけど、現金支給ってことで、ま、許してよ」と息子は微笑《ほほえ》んだ。

「でも、その……」

「もう随分と会ってないんだし。まあ、母さんにしてみれば、今更ってことなのかもしれないけど……」

　母とはたまに電話のやり取りはある。そこから、少し老け込んだとか、腰を痛めたとかという父の様子は窺《うかが》い知ることはできた。そう聞かされれば多少心配にもなる。だが、それまでだ。長い月日を経て閉《た》ってしまった心の戸は、そう簡単には開こうとしないのだ。

「すぐに行けとは言わないし、ま、気持ちの整理がついて行ってみようと思えたら行けばいいよ。で、会ってさ、一緒にいっぱいご飯食べておいでよ。ほら、人って美味しいもん食べて、満腹になると怒れなくなるだろう？　だからさ……」

「隆弘、あんた……」

「オレはさ、どんなに会いたくても父さんに会うことはできないけど、母さんは違う。勿論、会ったからといっても、急にわだかまりが解けて何かが変わるわけじゃないと思うけど、なんか通じるものがあるはずだよ」

「そうなの……かしら？」

「ああ、そうさ。だって親子なんだし。ね、だから、会っておいでよ」

息子は私の手をつかんで引き寄せると、手のひらに封筒を置き、その上から自分の手を重ねた。微《かす》かに温《ぬく》もりが伝わってきた。すると、まるで古傷が疼《うず》くように心がざわめく。でも痛みは伴っていない。それは紛れもなく血の通った温かさだった。

妻の逆あがり

土曜の晩ということもあって、出掛けて来た近所のトラットリアは家族連れで満席だ。

「どうした、やっぱり具合が悪いんじゃないのか？」

赤ワインの注がれたグラスを口に運ぶでもなく、妻の夕紀子《ゆきこ》は小さな溜息《ためいき》を漏らし、浮かない表情だ。

「え、あ、うん、大丈夫よ……」

最近の妻はどことなく覇気がない。元々、ときにはうんざりするほど口数の多い妻だったので、黙り込まれると心配、いや、妙に不安になる。

今日も、夕食の支度を始める時間になっても、ダイニングの椅子に腰掛けてぼんやりしていた。

「お、そうだ、久しぶりにイタリアンでも食いに行くか？」と、私が少しばかり気を回して誘ったのだ。

「それでもいいわ……」

夕紀子の返事はあまり気のなさそうなものだったが「じゃあ、出掛けるか」

と、私は腰を上げたのだ。もっとも、昨夜からの雨が予報通り降り続いていたら、たとえ近場であっても外に出ることを億劫《おっくう》に感じたかもしれない。だが、湿った風が吹き抜け、灰色の雲が低く空を覆ってはいるものの、どうやら雨粒が落ちてくる気配はない。

「やっぱり何か出前で済ませた方がよかったか？」

「ううん、それよりはマシ……。ここ、私好きだし」

「マシなのか……。いやいや、好きなのか、そ、それならよかった……」

この店は地元商店街の一角にあり、寡黙な感じのシェフである夫と配膳係をしている愛想のいい奥さんがふたりで切り盛りしている。

京王《けいおう》線沿線のこの街にマンションを購入し、越してきた頃、ここには古臭い喫茶店があった。程なくして、改装工事が始まり、小振りなイタリア国旗がドアに掲げられた別の店舗に姿を変えた。

開店後早速、夕紀子と訪れた。四人掛けのテーブルが五つ、それで満席という小さな造りだが、白塗りの壁に、額に入れられたナポリの風景写真が数点飾られている。そのシンプルさが落ち着く。有線放送からは、イタリアンポップスやカンツォーネが流れ、一歩足を踏み入れれば、ニンニクの香ばしい香りが出迎えてくれるのだ。

味は青山や西麻布《にしあざぶ》の有名店にも決して引けを取らない。イカの墨煮、ワタリガニのパスタ、イタリアから取り寄せているという小ジャガイモのグラタンはなかなかの逸品だ。つきあいも長くなったせいで、この三品は、たとえ黙っていたとしても「いつものですね」と店の奥さんがオーダーのメモを取るほどだ。しかも、値段はリーズナブルなのだから言うことはない。

トマトとアンチョビのサラダが運ばれてきても、妻はナイフやフォークを手にしない。

「おいおい、ホントに大丈夫なのか?」

「大丈夫よ……なんか、でもね……」

「でも、なんだよ?」

「別に」

だが、そう答えるそばから、夕紀子はまた溜息をつく。

「別にって。何度も溜息をつかれちゃ気になるだろう」

「もう、なんにも分かってないんだからっ」

突然、妻が語気を荒らげる。

私は周囲の視線を気にしながら「心配してるだけだろう。なんで、怒るんだよ」と、小声で返した。

「怒ってません」

丁寧な言葉で否定するときほど怒っているものなのだ。ここで強気に出ると、大概は火に油、炎上は必至だ。

結婚して三十年も過ぎれば、顔色で八割方、特に虫の居所が悪いようなことは察しがつくようにはなった……とは思うが、相変わらず、残りの二割くらいは分からない。そのたかが二割程度のことが、案外クセモノで厄介なのだ。

私はひと呼吸おいて「気になることでもあるなら、言ってみろよ。助けになるかどうか分からんが、聞くだけは聞くけど……」と、目を合わさずにトマトを取り皿に分けた。

「……ねえ、昔、彩夏《あやか》をここに寝かせながら食べたことあったわねえ……」

夕紀子は隣の座席に目を落とす。

妻が座っている窓際の席はベンチシートになっていて、まだ赤ちゃんだった娘をそこに寝かせながら食事をしたことがあった。すでに顔馴染《なじ》みになっていたここの奥さんが「どうぞ、そこに寝かしてあげてください」と親切に声を掛けてくれたのだ。

「ああ、そうだったなあ。拓巳《たくみ》のやつも、そうしたっけなあ」

私たちには、彩夏の他に拓巳という息子がいる。

「で、それがどうかしたか？」

「ちょっと思い出しただけ」

思えば、家族の誕生日や結婚記念日、子どもたちの入学、卒業の祝いにと、この店は我が家の特別な日を過ごした場所でもある。

子どもたちはイカ墨のソースに千切ったバゲットを付けて食べるのが好き

で、お歯黒状態になった口元を指差しては笑い合ったことも数知れずだ。懐かしくもしあわせなひとコマが、ふと幻のように目の前に浮かぶ。

「そういえば、四人で来たのはいつが最後だったかなあ……えーと、去年の暮れだったか……」

娘が大学生になった頃から、一家揃《そろ》って訪れる機会が減った。それはちょっとした外食に限ったことではなく、家族旅行もそうだ。大人になれば自分のつきあいが優先になるので仕方がないことだ。

「やっぱり、みんな揃ってた方が賑《にぎ》やかだし、楽しいわよね」

「ああ、それはそうだな」

「拓巳、どうして京都の会社なんか選んだのかしら？」

夕紀子がまた話題を変えた。

息子は今春、都内にある大学の工学部を卒業し、京都の企業に就職した。

「オレ、太陽光エネルギーの研究する」

運動神経はお世辞にも良いとは言えない息子で、地域の少年野球チームに入ったものの、僅《わず》か三ヶ月でやめ、以後はスポーツとは縁遠い学生生活を送った。反面、本が好きで、特に科学系の読み物を好んでいた様子だ。

「本人が決めたことなんだしな。それに少しくらい景気が上向いたとは言われても、まだまだ分かんないぞ。そんな状況で、それなりに名のある企業に、しかも志望したところに入れたんだから、よかったじゃないか。むしろ誉《ほ》めてやりたい」

「だけど、そうちょくちょく帰って来られるような距離じゃないし、ううん、行くのだって同じよ。それに、彩夏なんてもっと……」

娘は大学卒業後、都市銀行に就職したのだが、その頃から「私、早く結婚して専業主婦になりたい」と、よくそんなことを口走っていた。

「へー、またどうしてだ？」と、私が尋ねると「だって、お母さん見てるとラクそうだもん」と言い放ち、妻から「何ばかなこと言ってんのよ」と叱られた。

そんな調子ではあったが、昨今の結婚事情を考えれば、娘が嫁に行くのはもっと先、たぶん三十歳を過ぎたくらいから、ぼちぼち考えるだろうと思っていたのだ。

ところが、つい先月、配属先の支店で知り合った井上恵介《いのうえけいすけ》と三年の交際を経て結婚した。

「恵介が七月から上海《シャンハイ》勤務になるみたい」

娘からそう告げられたのは、結納が済んだ今年の春先のことだった。

「それで、式を早めたいのよね」

娘と交際を始めた後、本社勤めとなった井上は融資課で成績を上げ、それが認められ、上海支店への転勤の内示が出たのだという。

結果、秋に予定していた挙式を急遽《きゆうきよ》繰り上げ、慌ただしく式の段取りを整えた。期せずして、娘は六月の花嫁になったのだ。

「結局、何ひとつ家事も仕込まずに送り出したって感じだな。全部、お前に任せっきりだったし。あれじゃ、恵介くんも可哀想《かわいそう》だな。と、まあ、こっちの親が言うべきことじゃないが」

私は少し苦笑いをしながら夕紀子を見た。

「そうね、もう少し一緒にいてくれたら、いろんなこと教えてあげられたのに……」

妻のそんなつぶやきを聞くと、私にも感慨深い気持ちが生まれる。

確かに、たった三ヶ月の間に、子どもたちが次々と家を出るなど、半年前には思いもよらなかったことだ。四人で暮らしていたときは騒々しいと思えた我が家が、妙に静かに感じられ、テレビの音量を上げることもある……。

「ん、ああっ、原因はそれか？」

私は急に思い立って声をあげた。

「何よ？」

「え、まさか、お前、子離れできないって話なのか？　それでここんところヘンだったということか、なーんだ、そういうことだったのか」

私はようやく合点がいったというふうに笑うと「何よ、感じ悪い」と叱られた。

「いや、まあ、ただ、意外だな」

「どうして？」

「だって、あいつらのこと、文句ばっかり言ってたからなあ。むしろあいつらが出て行ってくれて清々しているのかって思ってたよ。お前、いっつも嘆いてたし。『いくつになってもお母さんばっかり頼ってるんだから』ってな」

大学生になっても社会人になっても、子どもたちは妻の手を焼かせていたようで、たまに早く帰宅すると、夕紀子の愚痴《ぐち》を聞かされたものだ。

「まあ、そうねえ。そう思えるんだと思ってたんだけど……。でもね、洗濯物の量が減ったわね、とか、炊くお米の量が少なくなったわねえ、とか、ふとそんなことを感じちゃうと、なんだか急に淋《さび》しくなっちゃうのよ。そりゃあね、ふたりとも大きくなってから、いつも家にいたわけじゃなかったけど、それでも、ちゃんと帰って来たわけじゃない？　でも、今は違うのよ。帰って来るのはあなただけだもの」

「おいおい、オレは帰らなくてもいいのかよ」

扱いの低さに改めて肩を落とす。

「が、しかし、なんだぞ。ずっとうちにいられても大変だぞ」

「そうだけど……」

「内田《うちだ》常務んとこの息子なんか、とっくに四十を過ぎてるのに、結婚のけの字もないって頭抱えてるぞ。奥さんが随分と過干渉だったみたいだが。なのに、それに反発するでもなく、小学生並みに世話してもらってるっていうんだからな。ま、それでもちゃんと勤め人はやってるみたいだから救われるって自虐的に常務が笑ってたよ。ま、笑わなきゃやってらんないだろうな。それに比べたらうちの子たちは、な」

最後に我が家はしあわせな方だろう、という意味の同意を求めた。

ところが頷《うなず》くどころか、夕紀子は大きく溜息とも呼吸ともつかぬ息を吐いた。

「え、お前、そんなに応《こた》えてるのか？」

私は心配しながらも呆《あき》れたように言葉を漏らし、続けた。

「あ、それってお前、もしかしたら〝空《から》の巣《す》症候群〟ってやつかもしれないぞ」

「ん、カラノスショウコウグン？」

「ああ、なんかの週刊誌で読んだんだけどな。子どもたちが独立して巣立ってしまうと、空虚感っていうか、淋しさっていうか、そういうものに襲われて、胸にぽっかり穴があいたみたいになってさ、なんに対してもやる気が失《う》せるっていうか、そういうやつらしい」

「鬱《うつ》みたいなってこと？」

「オレは医者じゃないからよく分からないけど……。まあさ、なんでもかんでも病名をつけるっていう風潮はいかがなものかと思うが……。ああ、そうだ、なんなら、一度、診察してもらったらどうだ？　人ってやつは病名を言われると不思議と安心するだろう。オレとしても訳の分からない状態で放っておくのも心配だからな」

「結構です、診察なんて」

「あ、そう。ま、お前がいいって言うならそれでもいいけど……。まあ、しかし、なんだなあ、淋しいわけね、ふーん、へー、そうなのか」

私は背を反らしながら腕を組んで、半笑いをした。

「何よ、ホント、感じ悪いんだから」

妻が口元を歪《ゆが》めて私を睨《にら》んだ。

「ああ、悪かったよ」私は慌てて笑いを止めて謝った。

「あのね、意外と孤独なのよ、専業主婦って」

夕紀子は私と所帯を持ってからパートで働いた経験すらない。それは本人の望みでもあったし、それが叶《かな》ったのだから、本望というべきことなのだろう
……と思いつつも、そこはぐっと我慢し言葉を呑《の》み込む。

「まだ、オレがいるだろう?」

「あら、そう?」

「あら、そうって、お前さあ」

「あなたとは違うのよ、あの子たちは」

「オレも随分と差をつけられたもんだなあ」

少々、ムッとしたフリをしながら答えた。

が、思えば、最初は足し算で家族が増え、それが一転して引き算となると、あっという間にふたりの生活に逆戻りだ。なんとなく将来、そういう日が訪れるのだろうと考えたこともあったが、いざそのときが実際に訪れてみると、あっけなさを感じる。その刺激が妻には強過ぎたということなのだろうか。

「あなたはいいわよね、会社に行けば周りに人がたくさんいて」

私は、消臭芳香剤、防虫剤といった主力商品の他に、様々な生活日用品を製造販売するメーカーに勤めている。現在の肩書きはマーケティング部の部長だ。数多くの製品があり、テレビコマーシャルの出稿量も多く、会社名は知らなくとも、商品名を言えば、大概の人はピンとくるようだ。

「会社と家庭は違うだろう?」

「だけど、いつも人の気配があるっていいじゃない」

会社は仲良しクラブではない。人がいればそれだけ摩擦も増えるというものだし、妻の知らない組織ならではの厄介事もあるのだ。

「いずれにせよだな、考え方次第だろう。お前は自由な時間がもっとできたんだ、それこそ好きなことをしたいだけすればいいじゃないか」

今までも、友達とランチだ温泉だと出掛けることもあったし、習い事の教室にも通っていた。できることなら、私が代わりたいくらいだ……と厭味《いやみ》のひとつも言いたくなる。

「子どもの学費の心配もなくなったし、マンションのローンだって、あと一年。もっとも、ローンを払い終わったら、数年でオレは定年だけど。再就職先を見つけて、まだ働くのかどうか、そういうことを考えると……」

私はやれやれといったふうで頭《かぶり》を振った。

「なあ、夕紀子……」

「はい？」

「この先、まだまだいろんなことがあるぞ」

「いろんなこと？　そうかしら……」

「そりゃあ、あるだろう。拓巳が所帯を持つっていうイベントも残ってるし。

ま、お前にとってはそれがまた淋しいってことなのかもしれないけど」

妻は否定することなく、イカ墨で黒くなった唇を紙ナプキンで拭った。

「それに、孫だって生まれるだろうし。ここまできたら孫のひとりやふたり、
抱っこしてみたいしな」

「ふーん、あなたってそうなの？」

「お前はほしくないの、孫？」

「ビミョー」

「え、ビミョーなのか」

「だってどーせ、都合のいいように孫の面倒みさせられるだけだもの」

「そりゃあ、そうかもしれんが……。ま、あっちこっちから聞こえてくる話でも、孫をダシに子どもたちからせびられるって話だしな。孫だって小遣いでもあげなきゃ近寄りもしなくなるってことだから。と、なると、そうかあ、やっぱり小金くらいは持ってないとな。なんだ、ということは再就職して、まだまだ稼がなきゃならんのか。オレはな、定年したら、お前と……」

妻はそう言い掛けた私の言葉を途中で遮り、大きく頭を振った。

「もう、やめてよね。ふたりで世界一周の船旅なんかしようって言い出すの」

「……言うかよ、そんなベタなプラン」

が、そういう気持ちがないわけでもない。

「じゃあ、私と何?」

「そりゃあ、その、あ、いっそのこと、宇宙旅行でも行くか?」

テレビのニュースだったか、宇宙旅行の予約が始まったらしい。子どもの頃読んだマンガの世界は現実になろうとしている。

「ばっかじゃないの、大体いくらかかると思ってんのよ、うちにそんなお金はありません」

「お前ね、そういう夢のないことを言うなよ。ま、確かに余力なんて残っちゃいないけど。それでもな、一生懸命働いてきたんだ、なんか、こう、贅沢《ぜいたく》なご褒美みたいなものをもらってもバチは当たんないいんじゃないのか」

「あ、そう。じゃあ、サマージャンボで一等でも当てて。そしたら、つきあってあげるから」

　適当にあしらわれた感じに多少ムッとさせられたが、いつもの夕紀子らしい悪態が出始めると、なぜだかほっとする。

「宇宙旅行は別としても……あいつら家族も含めて、またみんな揃って海外旅行に行ってみたいもんだな。もっとも足腰が立つ内じゃないとえらいことになるけど……。それにだ、リベンジしたいこともあるし」

「リベンジって、何を？」

「あの、ほら、青の洞窟……」

　十年程前の夏、私は有給休暇を消化せねばならず、思い切って、一家でイタリア十日間の旅に出ることにした。

夕紀子は独身時代にヨーロッパを巡る旅行でローマに行ったことがあったが、子どもたちや私はイタリア自体初めてだった。

ミラノ、フィレンツェ、ベネチア、ローマ……といった都市を巡るツアーで、名立たるドゥオーモ、ピサの斜塔、ダビンチの最後の晩餐《ばんさん》、ベネチアではゴンドラに揺られ、コロッセオ、トレビの泉という定番の名所旧跡を見て回った。

「そうねえ、洞窟だけ空振りしちゃったわね」

青の洞窟は、ナポリからフェリーに乗船しカプリ島へ渡る。そこからモーターボート、手漕《こ》ぎの小船を乗り継いで行く。

あの日のナポリの空には、青々とした夏空が広がっていたのだが、風が強く、そのせいで波が荒れていた。

「あ、思い出した。あなたひとり、船酔いしちゃって、顔、真っ青だったものね。洞窟どころじゃなかったんじゃない？」

船酔いなど経験したことのない私なのに、フェリーの揺れにやられてしまい、シートにぐったりと横たわってしまった。そういう海の状態だ、案の定、洞窟へ向かう手漕ぎ船は出せないということになってしまったのだ。

洞窟への入り口は低く狭い。観光客は船に寝そべるようにして潜《くぐ》り抜け、洞窟内に入る。波が荒れ、水位が高くなると入る隙間ができずに中止となるという説明を添乗員から受けていた。

「折角、あそこまで行ったのについてなかったなあ。な、やっぱりちょっと悔しいじゃないか」

「私はなにがなんでも行ってみたいって感じじゃないし……。そうねえ、行くなら北欧でオーロラを見てみたいかしら」

「お、そうか、じゃあ、オーロラにするか」

「だから、いいです。別にあなたと行かなくても。大体、ツキのないあなたと行って、オーロラが出なかったらイヤだもの」

「自然現象までオレのせいにするなよ」

私は憤慨しながらも、いつからこんなに頼りにされなくなったのかと苦笑いをした。

「あーあ、親孝行したいときには親はなしって言うけど、女房孝行すると言えば断られってやつだな。サラリーマン川柳にでも応募するか」

今度はひとり悦に入って、私は笑ってみせた。

「そんなにヒネリのない川柳じゃ落選ね」

妻はにべもなくそう言い放つと、イカの墨煮を再び口に運んだ。


「ごちそうさま。また来ます」

カウンター越しの厨房《ちゆうぼう》にいるシェフに、軽く手をあげて挨拶した。

店を出て、来た道を戻る。

小学校の通学路に指定された狭い道路に入ると、外灯に照らされ、アジサイに囲まれた小さな公園が見えてきた。たまに父親の役目を果たすために、子どもたちと遊びに来たものだ。

滑り台やブランコ、ジャングルジムといった遊具の姿は、どこか闇に身を潜める生き物のように見える。

「なあ、ちょっと寄ってくか？」

「え、どこに？」

「ほら、そこの公園」

「寄ってどうするのよ？」

その問い掛けに答えず、私は入り口に立つ二本の鉄の円柱の間を通り抜けた。妻は「もう」と漏らしながらも後ろに続いた。

雨が降ったせいで土の地面は少し柔らかい。

「なあ、調布《ちょうふ》のうちに行く途中にもこんな感じの公園があったよな」

妻の実家は調布の住宅街に建つ一軒家だ。今でも妻の両親がそこで暮らしている。

「昔、お前を送って行ったとき、あの公園のベンチで話を始めてさ。気づけば終電間際で慌てたことがあったなあ」

二十代の半ばの頃だ、恋人同士が別れを惜しんで、ほんの少しの間でも一緒にいたいという気持ちがそうさせたのだ。今ではカビの生えたような想い出なのかもしれないが、それでもほんのりとしたくすぐったさが残る。

「なんだか遠くなっちゃった話よねえ」

「結婚して三十年かあ……」

「よく私も我慢してやってこられたもんだわ」と妻が笑うので「おい、そりゃあ、お互い様だ」と私も笑って返した。

おそらく世間の多くの夫婦と同じように、ただ平坦《へいたん》な道を歩んできただけではない。正直、激しく言い争った後には、離婚を考えたこともあった。とはいえ、ひと晩寝れば、いや最悪三日も経《た》てば、元通りというのが私たち夫婦だった。

「でもなんだな、そう考えると人生なんていうものは、ホントにあっという間だな」

「短く感じる割には、いっつもバタバタしてたような気がするわ。なんていうか、人生に華がないっていうか、平凡っていうか」

妻は最後に、溜息ともつかぬ大きな息を吐いた。

「確かに平凡ちゃ平凡だけど。ただな、上を見たらキリがない。羨《うらや》ましく思える人たちもたくさんいるさ。でもな、こう言っちゃなんだけど、下にだってたくさんいる。オレたちの悩みなんか贅沢だって思う人がさ。分相応でいいんじゃないのか。幸いにして、オレもお前も大病をしたことがないし。ま、オレは、血圧とコレステロール値が少々高いけど。それくらいならよしにしようってことだ。もっとも、下手に長生きしちゃっても大変だけどな、この先……」

今ではお互いの介護ということも意識せねばならない年齢になってしまった。遠い未来の話だと安穏としていられない。

「介護するのもされるのも大変そうだからなあ」

昨年、若年性の認知症を患い寝たきりになった妻の看病をするために、定年を待てず退社した同期入社の同僚がいた。

「ふたり一緒にぽっくり逝けたら、お互い面倒はないが、ま、そう都合よくはいかんだろうし。そもそも、一緒に死ぬとなると、不慮の事故とかだろう。それはイヤだからな」

「それは絶対にイヤ」

妻は即答した。が、その響きに引っ掛かりが残る。

「一応、念のために訊くが、それって不慮の死に方がイヤなのか、オレと一緒に死ぬのがイヤなのか、どっちなんだ?」

「両方」

私は横を向き、思わず小さく鼻を鳴らした。と、妻が私の顔を覗《のぞ》き込んだ。

「やっぱりな……。いやいや、お前らしい答え方だなって思ってさ。ま、なんにしても、ちょっと元気が出たみたいでよかったよ。いずれにせよ、お前はオレより一日でも長く生きろよ」

「何よ、気遣ったようなこと言っちゃって。それって最期まで私に面倒みろって言ってることと同じじゃない」

「お、バレたか」

私はにやつきながら、何度か頷いた。

と、夕紀子は「あっ」と声をあげ「ねえ、覚えてる？」と、悪戯《いたずら》っ子のような薄笑いを浮かべた。

「ん、何を？」

「昔『もしも私が車椅子の生活とかになったら、あなたどうする』って訊いたことがあったけど、それにあなた、なんて答えたか覚えてる？」

「そんなことがあったか」と、とぼけてはみたが、微《かす》かに思い出した。

それは捨てたり消去してしまった類いのものではなく、ふたりが共有する秘密でもある。今では滅多に取り出すこともなくなってしまった写真のネガのように、少しばかり埃《ほこり》を被ってはいても、夫婦という特別な引き出しに仕舞ってあるものなのだ。

「いや、覚えてないなあ」

「もう、あなたってひとは」

「で、オレはなんて答えたんだ?」

「あなたはね、こう言ったの。『そうなったら、オレが一生車椅子を押して、お前をどこにでも連れてってやる』って」

正確な言い回しは忘れたが、妻の言う通りだ。もっとも、恋愛中の男女の会話にありがちな、なんとも陳腐な問答ではある。だが、そのときの当人同士に嘘《うそ》はない。それは雨上がりの今夜の空気のように微かに甘い香りを含んでいる。

「忘れちゃったなんて……。もう、損した。私ね、結構ジーンときちゃったんだけどなあ」

「じゃあ、そういうことにしておいてくれ」

「もういいです」

その拗《す》ねたような表情が妙におかしくて、笑いながら何気なく鉄棒に手を掛けた。そして、ふと思いついた……。

「夕紀子、お前、逆あがりってできるのか?」

「え、何、突然？　しかも、ちょっとばかにした言い方して」

　妻は昔から運動神経は鈍い方だったようだ。運動会の徒競走ではビリやブービーが定位置。息子はそんな妻の鈍さを受け継いだのだろう。

「いや、だから、できるのかって、ただ訊いただけだろう」

「できるわよ。うん、小学校のときはできた」

「じゃあ、やってみるか？」

「はあ？」

「なーに、ちょっとした体力測定ってやつだ」

「遠慮しておく」

「じゃあさ、まずオレがやってみせてやる」

「明日、腰とか痛くなっても知らないから」

「見くびるなよ。歳《とし》はとってもヨボヨボの爺《じい》さんと一緒にするな。よーし、よく見とけよ。くるっと軽く決めてやるからな」

と、息を吹きつけた手のひらを擦《こす》り合わせながら、ちらりと不安が顔を覗かせた。最後にやったのは高校生のときだったか、それ以降に記憶などない。が、昔取った杵柄《きねづか》だ。えいやあっとやってしまえば、案外、身体《からだ》が反応するだろう。と、地面を蹴ったものの、身体が上がり切らず引力に逆らえず途中で失速した。衰えただけではなく、太ったせいもあるのか。

「もう、口程にもないんだから」

そうばかにされては闘志に火を点《つ》けずにはいられない。

「今のは、なんだ、タイミングを計る練習だ」

私は再び鉄棒を握ると、呼吸を整え、小刻みに身体を揺すりながら反動をつけた。そして一気に地面を蹴った。宙を舞い回転する感覚に「やった」と思った次の瞬間、着地した足がもつれて見事に尻餅をついた。

「あ、ズボンのお尻、泥だらけよ。もう、クリーニング出さなきゃいけないじゃない」

「お前ねえ、そっちの心配より、フツー、大丈夫って訊かないか」

じんわりと痛む尻を押さえていると、夕紀子は手提げバッグからタオル地のハンカチを取り出し「はい、これ」と目の前に差し出した。

「カッコ悪う」

「だな、カッコ悪いな。でもさ、妙な爽快感があるぞ。お前もやってみ」

「いいってば」

「スカートじゃないし。ま、スカートだったとしても誰も覗きたくはないだろうけど」

妻は水色のサブリナパンツを穿《は》いている。

「ホント、ひと言余計なんだから」

「はいはい、分かったから。さあ、やってみ。オレが補助してやる。ま、なんだ、車椅子の代わりに尻を押してやる。大丈夫だって」

夕紀子は渋々といったふうで鉄棒に触れた。が、嫌なことはテコでもやらないタイプなので、やる気はあるのだ。

「腕は伸ばさず、足を蹴ったタイミングでぐっと胸に引きつける。いいな。はい、せーの」

考える間を与えず、私は妻の太股《ふともも》と尻を抱えるように持ち上げた。すると「きゃっ」と声を発した妻の身体は風車のように回転し、意外ときれいな着地を見せた。

「わああっ、できたぁ」と、息の上がった様子で妻は嬉しそうにそう叫んだ。

「どうだ、気持ちよくないか？」

「うん」

「だろう」

私たちは呼吸を整えるように、並んで鉄棒に背中を預けた。妻の息づかいと微かに木々の葉が風に擦れる音が聞こえる。

「なあ、夕紀子……。彩夏が生まれ、拓巳が生まれ、家族が増えたと思えば、嫁に行ったり就職したりで、また夫婦ふたりに戻った。逆あがりみたいに、ぐるっと回って元通り。人生も家族も、そういうことなんじゃないか。すべてはあっという間の出来事。……だからさ、今しばらく、オレのこと、よろしく頼むわ」

妻は私の二の腕を軽く叩《たた》いただけで何も言わなかった。
ふと見上げると、頭上の空を覆っていた雲の切れ間から、静かに輝く星が見えた。

紙ヒコーキ飛んだ

――この列車は岡山《おかやま》を出ますと、次は福山《ふくやま》に停車致します。

新幹線の車内にアナウンスが流れた。

「ねえ、パパ、おじいちゃんちに着いたら、すぐヒコーキ飛ばしに行く?」

小学三年生でひとり息子の晃太郎《こうたろう》が嬉々《きき》としてそう尋ねてきた。

腕時計に目を落とすと午後三時半を回っていた。福山駅には四時前、そこから一時間程バスに乗らねば、今、父が住んでいる町には着けない。息子は、その町にあるという紙ヒコーキを飛ばすために建てられたタワーから、自作のヒコーキを飛ばすことをずっと心待ちにしてきたのだ。

「うーん、どうかなあ。着く頃には夕方になっちゃうから、今日は無理なんじゃないか」

「えー、なんだよ、つまんないのー」と、息子は口を尖《とが》らせた。

私は建設資材を扱う会社で営業課長を務めているのだが、このところ間の悪いことに、部内で発注ミスなどが重なり、お詫《わ》びとその処理に手こずり睡眠不足が続いていた。

「パパがちゃんと起きないからだよ」

昨夜は、やっとトラブル対応に目処《めど》が立ったという安堵感《あんどかん》から久々に寝入ってしまい、つい寝坊をし、予定していた午前中の新幹線に乗りそびれてしまったのだ。だが、八月も下旬ともなれば、どの新幹線も満席ということはなく、無事に乗車はできたのだが……。

「パパ、ホントにダメだよなあ」

「そう責めるなよ。パパだって……」と言いかけて、その後の言葉を呑《の》み込む。

いくら息子のためとはいうものの、正直、あまり気の進まない旅行だった。仕事もそんな状況ではあったし、そのタイミングで夏休みを取るのも気分的に憚《はばか》られたのだ。子どもには分からない大人の事情ってもんがあるんだぞ。それに……。

「あーあ、やっぱり、ママと来ればよかった」

「おいおい、そういうことを言うか、フツー？」

そもそも、この旅行の計画は妻の梨紗子《りさこ》が立てたものだったのだ。

八月に入って間もない晩、私が帰宅すると「晃太郎の夏休みの自由研究なんだけど、あの子、紙ヒコーキにしようかなって言ってる」と妻がそう振ってきた。

「あいつ、大好きだからな、紙ヒコーキ」

「で、今年こそヒコーキタワーに行ってあげようと思うんだけど……」

「オレは行かないよ」

妻の思惑を悟った私は、先回りしてそう返した。

「何も言ってないじゃない、もう……。ま、でも、そういうことなんだけど」

私は芝居掛かった溜息《ためいき》をついてみせると「父さんとは、ほら、あれだし……」と顔を歪《ゆが》めた。

このところ、父とは気まずい間柄にある。

「いいわよ、だったら私が連れて行きます」と答えた妻だが、先週「私、行けなくなっちゃったの。だから、あなたが行ってちょうだいね」と言い出した。

妻はアパレルメーカーで店舗開発の仕事をしていて、どうしても外せない札《さっ》幌《ぽろ》出張が入ってしまったのだという。

「だったら、中止にすればいいじゃないか」

「そんなことしたら、晃太郎ががっかりするじゃない」

「で、つまり……」

妻は当たり前じゃないのといったふうに大きく頷《うなず》いた。

もしかしたら、妻は最初からそういう腹づもりではなかったのか……。ならば、妻の策略にまんまとはめられたようなものだ。

「お義父《とう》さんにはお義父さんの考えがあるんじゃないの。この際だから親子水入らずで、じっくりと話してきたら」

「どうせまた、要領を得ない話になるさ。父さんは、そういう人なんだよ」

父は、繊維を扱う商社で定年まで働き、その後、役員として子会社に勤めていた。そちらも役員定年を迎えるという一昨年《おととし》の秋、母は体調を崩し、その冬にはあっけなく他界してしまった。

以来、父とは顔を合わせれば言い争いになった。いや、争うというのではない、私の尋ねたことにきちんと返答をしないのだ。なので、つい私の口調が詰問的になるのだ。

「母さんのお墓、どうする気なんだよ」

「それは、そのうち、おいおい……」

「二世帯住宅の話、考えた？」

「ああ、まあ、それもおいおい」

……などといった調子で、こちらの心配をよそに、父の返答は何か癇《かん》に障るというか、腑《ふ》に落ちないというか……不誠実に受け取れたのだ。

そして……。

「父さんな、母さんの生まれ育った家に住もうと思う」

挙げ句、何を急に思ったのか、空き家になっていた母の実家へ移り住むと言い出したのだ。

「何言ってんだよ、ろくすっぽ家事もできないくせに。東京なら、ちょっと出ればなんでも買えるから困ることもないだろうし、それに、万が一っていうときには、近くにオレたちだっているわけだからさ」

結局、私の言うことなど聞かず、今春、ずっと暮らしてきた経堂《きようどう》のマンションを賃貸に回すと、父は引っ越しを済ませた。

「もう、好きにしろよ」

私は半ば呆《あき》れ気味に放っておくことにした。東京生まれの東京育ちの父に田舎暮らしが続けられるものではないと踏んだからだ。

「ねえ、パパ」

「ん？」

「おじいちゃんちっておっきいの？」

〝おじいちゃんち〟と言われると違和感があるが、いちいち訂正する程のことでもない。

「うん、そうだな、うちのマンションよりは大きいけど、でも、あんまりよく覚えてないんだな。パパが最後に行ったのは、えーと、パパが小六のときだったかな」

東京から離れているというのも一因ではあったと思うが、母は元々、それほど里帰りをしていたわけではなかった。祖母は私が生まれる前に亡くなっていて、その法事のために帰るくらいではなかったか……。

その後、中学生になった私は部活や塾通いもあり、母にお供することはなくなった。

祖父が亡くなったのは二十年以上前になるが、私は丁度、大学入試の日が近かったため、葬儀に参列することはなかった。薄情かもしれないが、祖父に至っては墓参りもしたことがないのだ。

実家は母の七歳上の兄、つまり私の伯父が継ぎ、伯父一家が暮らしてきた。

しかし、五年程前だったか、伯父に認知症の症状が出て、結婚して家を出た娘夫婦が住む福山市内の介護施設に入ったようだ。

そして、主《あるじ》のいなくなった母の生家は、伯母が時々、風を通しに行っていたものの、空き家同然になっていたのだ。

伯母家族と父との間でどういう話し合いがなされたのかは分からないが、父が住むことに不都合はなかったということなのだろう。

「あ、そういえば……。最後に行ったとき、おばあちゃんと近所の林でカブトムシとクワガタを採ったなあ」

「え、カブトいるの？」

「今でもいるんじゃないのかな」

「えー。そうかあ……」

息子が少しばかり俯《うつむ》いた。

「どうした？」

「おばあちゃん、生きてたら一緒に行けたのになあって思ってさ。カブトムシだけじゃなくてさ、紙ヒコーキだって……。たぶん、喜んだと思うんだよね」

「そうか、きっとそうだな」私は息子の頭を撫《な》でてそう答えた。

息子が紙ヒコーキに興味を持ったキッカケは母なのだ。言わば、おばあちゃんから孫への置き土産のようなものになった。

母は亡くなった年の旧盆、二十年振りに中学校の同窓会に参加するために故郷へ帰った。今思えば、それは何か虫の知らせのようなものでもあったのだろうか……。

戻った母が土産を手に、うちのマンションにやって来た。

「で、どうだった、同窓会は?」

私がそう水を向けると「みんなすっかり歳取《とし》っちゃって……。でも、やっぱり懐かしかったわねえ。行ってよかったわ」と目を細めた。やはり旧友との再会は嬉しかったのだろう。母の口は滑らかだった。その横顔は、まるで頭の中に焼き付けた写真を一枚一枚映し出して答えているかのようだった。

「あ、そういえばコウちゃん」と、息子に声を掛けた。

「ん、何？」

「紙ヒコーキを飛ばす塔……うーん、あ、タワーっていうの？　そんなのがあったのよ」

地方では町興しの一環や話題作りに、一風変わった物を造り、それがニュースになることもある。きっと、その手のものなのだろう。しかし、少しばかり興味を覚えた。それは私ばかりではなかった。

「紙ヒコーキを飛ばすタワー？」

息子が身を乗り出したのだ。

「うん、そう。なんでもね、そういう専用のタワーって日本にひとつしかないようよ。町議をやってるタケちゃんが自慢してた」

「日本にひとつ？　へー、すっげー。で、おばあちゃん、行って来たの？」

「お友達と、みんなで行って来た。見晴らしがよくてね。そこから、ふわってヒコーキを飛ばすとね、風に乗ってゆらゆらとお空の果てまで飛んでゆく感じなのよ。なんか、自分の心も一緒にふわふわ飛んでゆくみたいで気持ちよかったわ。あ、そうそう、紙に願い事を書いて飛ばすとね、願いが叶《かな》うとか言って『しあわせになりますように』とか『宝くじが当たりますように』なんて書いてね。みんな、ワイワイ言っちゃって、拍手なんかしたりで大騒ぎ」

本来、いい大人たちが、紙ヒコーキを飛ばしてはしゃぐ姿など想像し難いものだが、母の笑顔を見ていると、きっとそういう盛り上がりがあったのだろうと納得できた。

「で、母さんはなんて書いたの？」

「それは内緒よ。だって人に教えちゃったら叶わないかもしれないじゃない」

「なんだか、妙に乙女チックだなあ」と、私が茶化すと、母は少しばかり苦笑いをした。

「あ、これいいかしら？」

と、リビングテーブルに重ねてあった新聞の折り込みチラシを母は手にした。

「あんまり女の子はヒコーキとか折ったことがなかったから、折り方も分からなかったけど、タケちゃんたちが教えてくれてね」

手際はよいとは言えないが、母はチラシを裏返したり向きを変えたりして丁寧に折り目を指の腹で押さえた。

「はい、コウちゃん。これがいちばんよく飛ぶヒコーキ」

息子は気に入ったらしく、早速リビングで飛ばした。それはきれいな線を引くように真っすぐ飛んだのだが、何せ狭い部屋ではすぐに壁に衝突してしまう。

「あーあ」

「今度、みんなで一緒に行ってみる?」と母は息子を手招きした。

「うん、行く行く」

息子に背中から抱きつかれながら嬉しそうに顔を綻《ほころ》ばせる母がいた。

子どもの好奇心のスイッチは急にオンになる。それからというもの息子は紙ヒコーキに夢中になったのだ。折り方の載った本を買ったり、妻と一緒にネットであれこれ調べるようなこともしていたようだ。

クラスの友達に「ヒコーキ博士」などと言われ、本人も満更でもない様子だ。

東日本大震災後の節電ムードに、我が家でも初めて扇風機を購入したのだが、それは思わぬ息子の遊び道具になった。

「パパ、パパ、見てて」

息子は扇風機の首を斜め上に向けると、その風に乗せるように紙ヒコーキを飛ばす。つまり、気流を作り出したのだ。

「ほら、パパ、スピード、速くねえ？」と得意満面だ。

が、そんな息子の探究心は思わぬトラブルを招くこともあった。

息子がひとりで留守番をしているときにベランダからヒコーキを飛ばしたのだ。いつかそういうことをするのではないかと予想はついていた。だから、予《あらかじ》め「それはやってはいけない」と釘《くぎ》を刺しておいたのだが……。

我が家はマンションの五階で、眼下には平置の駐車場がある。

同じマンションの住人が車を出そうとしたときフロントガラスに何かが舞い落ちて来て慌てた。勿論《もちろん》、紙ヒコーキが当たったくらいではガラスが割れるようなことはない。

〝犯人〟はすぐに分かってしまった。それをイタズラと捉えられてしまい、抗議されたのだ。目くじらを立てて怒ることではないと思いつつも、妻は平謝りだったらしい。

「だってさ、どこまで飛ぶか知りたかったんだもん」

その通りなのだろう。帰宅してその話を聞いた私は息子に言って聞かせた。

「いいか、晃太郎。パパはヒコーキを飛ばしたことより、お前が夢中になり過ぎて、行方を追ってさ、ベランダから落ちでもしたら大変だってことを心配してるんだ。もしそんなことになったら悲し過ぎて、パパもママも泣くに泣けない。だから、もうやっちゃだめだぞ」

息子は神妙に頷いた後「あーあ、ヒコーキタワー行きたいなあ。そしたら、いっぱい飛ばせるんだよね」と、こぼした。

やっと息子の念願が叶おうとしているのに、残念なことだが、母の姿だけが今はない。


減速した新幹線の窓から福山の街並みが見えた。

「コウ、着くぞ。リュックを背負え」

私は息子に野球帽を被せながら、下車する支度を促した。

ホームに降り立つと、いきなり熱気に襲われる。

「日本中、どこでも暑いな」少々、うんざりとする。

改札を出てバス乗り場を探す。

「さて、どっちだ？」

と、見回した構内の隅っこに父の姿があった。迎えに来るなど聞いていなかった。

　こちらの姿がすぐに分かったようで、父は軽く手招きした。だが、それは私に向かってではなく、明らかに晃太郎に向けられていた。

「おじいちゃん」と、息子は背中のリュックをユサユサと揺らしながら駆け寄る。

「晃太郎、久しぶりだな。お、背が伸びたか」

「うん、三センチ」

　私は遅れ気味に歩を進め「なんだよ、来てたのか」と、ぶっきらぼうな調子で尋ねた。

「梨紗子さんから連絡があった。だから、車で迎えに来た」

「バスで行くから、別に迎えになんか……」

　無論、路線バスを利用するより車の方が楽なのは分かっている。

「じゃあ、お前はお望み通りバスで来ればいい。晃太郎は私が乗せて行くから」

　お互い、いきなり減らず口の応酬だ。

「乗るよ、乗せていただきます」

面倒臭さと暑さに負けて、意地も何も張り通せない。

駅舎を出ると左手に福山城の天守閣を望む駐車場があり、その端のスペースにシルバーのミニバンが止まっていた。一旦、すべてのドアを開け放し、熱気を逃がしてから、息子は助手席、私は後部座席に乗り込んだ。

「すぐに涼しくなるから、ちょっとの我慢だ」

全開にしたエアコンの冷気は感じられるものの、灼《や》けたシートはまだ熱を持ち、太股《ふともも》の裏側が火傷《やけど》しそうなほどだ。

「じゃあ、出発だ」と父はハンドルを握った。

バンは福山市街を抜け、やがて自動車販売店や紳士服店、ファミレスなど、ガラス張りで四角い形の店舗が建ち並ぶ郊外の道路へと入った。

「宿題は終わったか？」

「ううん、まだ」

前の座席で父と息子が交わす他愛《たわい》ない会話を聞いているうちに、どうにも瞼《まぶた》が重くなってきた。眠るつもりはなかったのだが、眠気に逆らうことができず、すーっと意識が遠退《とおの》いた。

ガタン……なんの揺れだったのだろう……。はっと我に返ったように目が覚めた。ほんの数分ウトウトした感覚だったのに、窓の外の風景は一変していた。辺り一面、風にたなびく稲穂の海。横たわる恐竜の背にも似た緑の稜《りょう》線《せん》。そして真っ青な夏空には白く輝く雲が湧き上がっている。暦の上ではとうに立秋を過ぎたが、それはまさに夏の風景そのものだ。

やがて田園風景に交じり民家がポツポツと見え始めた。そして減速したバンは細く緩やかな坂道を上ってゆく。と、微《かす》かに見覚えのある赤い屋根の平屋が見えてきた。

庭木に囲まれたその家の敷地内に入ると、ジャリジャリとタイヤが砂利を踏む音がする。

父はバンを玄関の鼻先に着け、サイドブレーキを引いた。

「ほら晃太郎、着いたぞ」

父に促され、バッグを肩に掛けて座席から降り、改めて周囲を見回す。並んだ母屋と納屋の裏には鬱蒼《うっそう》とした雑木林が屋根にのしかかるように葉をいっぱい生い茂らせている。その木々の奥から蜩《ひぐらし》の鳴き声が聞こえてくる。

「日が陰って大分涼しくなったな」

町の名に〝高原〟と付くだけに明らかに都会のそれとは違う風が涼を運んでくる。

「それにしても年季の入った家《うち》だなあ」私がそう呟《つぶや》くと「あっちこっち傷んでいるんで、暇を見ては手を入れているが、なかなかな……」と、父は腕組みをして家を見上げた。

日除《ひよ》けの大きなよしずが軒下に立て掛けられているので、表から室内の様子は窺《うかが》えない。きっと内壁や床も傷んだ箇所があるに違いない。

「さあ、中に入りなさい」父が息子の背中を押した。ふたりに続き私も引き戸の敷居を跨《また》いだ。

すぐに土間があり、左手には座敷に繋《つな》がる小上がりがある。土間の奥は台所や風呂場へ続く通路になっている。

「コウ、靴下も脱いで上がっちゃえ」

小上がりに並んで腰を下ろした私たちは靴と靴下を脱ぎ素足になった。

障子がすべて開け放されているせいで、ふた間続きの座敷が一層広々と感じられる。卓袱台《ちゃぶだい》や棚、仏壇、テレビの置かれた居間に入ると、足の裏に畳のどこか懐かしい感触を覚えた。が、所々、剝《は》げた部分もあり、擦り切れたイグサが刺さるような感触もある。

父が、キキキッといかにも建て付けの悪そうな音を立てるサッシ戸を開けると庭先から風が網戸を擦り抜けてくる。そして天井からぶら下がった四角い笠の付いた電気の紐《ひも》を引くと橙《だいだい》色の灯《あか》りが点《つ》いた。

線香を上げ仏壇に手を合わせた後、三人で卓袱台を囲むように座った。あぐらをかいた私は室内に目を配る。やはり壁や天井には染みもある。

「さて、メシの前に風呂を浴びるか」父が息子に尋ねた。

メシ……しまった。駅ナカか途中で適当に弁当でも買い込んで今夜は済ませようと思っていたのだが、父の出迎えという予想外の展開にうっかり忘れてしまったのだ。

「晃太郎、今晩は茄子《なす》カレーだぞ。お前、好きだったろ」

「やったあ」息子がはしゃぐ。

「え、もしかして父さんが作ったってこと?」

「なーに、料理本を見れば楽勝だ。お前たちを迎えに行く前に仕込んでおいた。ご飯も炊いてある」

「へー、驚いたねえ」

とはいえ、母が亡くなってから、ひとり暮らしをしているわけだから、料理ができるようになっても不思議ではないが……。

「ま、もっとも、母さんの幼馴染《おさななじ》みが何かと気に掛けてくれて、野菜だのなんだのって差し入れてくれる。ときには煮物や漬け物なんかもお裾《すそ》分けしてくれてな。だから、大分助かってる。昨日は茄子を貰《もら》ったんで晃太郎が好きな茄子カレーを作ることにした」

息子が幼稚園のお泊まり会で茄子カレーを作って食べたことを嬉しそうに話したことがあった。それを父は覚えていたのだ。

「そうだ、おじいちゃんが採ったトマトもあるぞ。この町のトマトはウマいんだ」

聞けば、ビニールハウスで栽培されているトマトの出荷作業を手伝っているという。

「ここの人たちは余所者《よそもの》にも親切だ……というより、これも母さんのお陰だな」

結構、父なりにうまくご近所づきあいをしているのだと思った。

「じゃあ、お湯を溜《た》めるか」

父は「どっこいしょ」と立ち上がると風呂場へ向かった。

風呂は十分ほどで溜まり、先《ま》ず父と息子が入り、私はひとりで入った。湯船は狭く小さく、とても手足を伸ばしてリラックスできるという代物ではないが、小窓から忍び込む夕方の風が心地いい。手のひらに掬《すく》って顔を洗ったお湯までやさしく感じられる。

風呂から上がってジャージに着替え、台所を通りかかると、父と息子が夕飯の支度をしていた。しばし縁側で夕涼みをしたいところだが、息子でさえ手伝いをしているのに、どっかと座っているわけにもいかず、カレーの盛られた皿と缶ビールを運ぶことにした。

「いただきます」息子の元気な声に引きずられるように、私と父も手を合わせた。

「おじいちゃん、カレー、ウマい」

「お、そうか」父が目尻を下げる。

大人にしてみれば物足りない辛さだが、まずまずの出来映えだ。

夜の九時を回った頃、親子三代で寝床の用意をした。奥座敷に折りたたみ式のマットレスを並べ、その上に敷き布団、そしてシーツを掛ける。

　息子は布団の上でゴロ寝しながら持参したヒコーキの本を読んでいたが、ふと気づくと大の字になって寝入っていた。タオルケットを腹に掛けてやり、卓袱台に戻る。表からは騒がしいくらい虫の音が聞こえてくるが、父との間には沈黙が横たわる。

「さて、オレも寝るかな。ここんところ寝不足だからさ。父さんも寝なよ」

　父とふたりきりで向かい合う気まずさをごまかすために、そんな言い訳にも似た言葉を漏らし、私はそそくさと息子の隣に横になった。

「ああ」とだけ答えた父が部屋の灯りを消し、縁側に立つ気配を背中で感じる。と、父が小さく呟いた。

「おお、星が出てる。明日も快晴だな。きっといいヒコーキ日和になる」

「パパ、いつまで寝てんだよ、もう九時だよ」

　息子に身体《からだ》を揺さぶられ目が覚めた。

卓袱台には、ご飯に味噌汁《みそ》、目玉焼き、キュウリの漬け物、スライスされたトマトが並んでいた。随分手慣れているんだな……父が用意した朝食に感心しつつ、それを急いでかき込んだ。

「置いて行っちゃうからね」の息子の声に、寝癖を適当に整え、私もバンに乗り込んだ。

出発して十五分、林道を上って行くとタワーの先端が見えてきた。巨大なカッターナイフの刃のような形をした建物だ。

「わあ、スッゲー」

息子のテンションは上がる一方だ。無理もない、待望のヒコーキタワーなのだから……。

駐車場に車を停《と》めると、父はトランクから小さな段ボール箱を取り出した。

「何、それ？」

「ん？　まあ……後でな」

父は意味ありげに頷いてみせた。気にはなったがあえてそれ以上尋ねなかった。

タワーの下には、打ちっ放しのコンクリートの壁を持つピラミッド型の建物がある。入り口で入館料を払うと、紙ヒコーキ専用の用紙が貰えた。聞けば、その用紙は土に還《かえ》るエコ用紙だということだ。

一階のスペースには木製机がいくつも置かれていて、まるで学校の工作室のような雰囲気だ。どうやら先客はおらず、貸し切り状態だ。

「パパ、見て見て」

壁際には〝はばたきカモメ〟〝スカイキング〟〝こうもり〟〝ハヤブサ〟など機種を紹介した紙ヒコーキの写真が額に納められ飾られている。息子は食い入るようにその写真に見入っている。

「よーし、コウ、思う存分作れよ」

「うん」息子は満面の笑みを浮かべると、椅子に座って器用な手つきで折り始めた。父はそんな息子に口出しをするでもなく、にこやかに見つめている。私がひとつ折るうちに、息子は五機を折ってしまった。

「さーて、じゃあ、早速飛ばしてみるか」

エレベータに乗って最上階へ昇った。

全面ガラス張りの展望室は三六〇度のパノラマビューで、真っ先に目に飛び込んでくるのは、大きな空と近く遠くに連なる緑の山並みだ。ヒコーキを飛ばすときは窓を開け、そこから放つ。

「コウ、それはなんていうヒコーキなんだ?」

「オリオン」

「そうか、オリオン晃太郎号、準備はいいか」

「オッケー」

「じゃあ、発射5秒前、4、3、2、1、ゴー」

息子の手から放たれたヒコーキは、ふわりと風に乗り見事な曲線を描く。

「イエーイ、行け行け」と大声を発する息子同様に、私も父も少し興奮気味に手を打ち鳴らしながらその行方を追う。あの日、母たちがはしゃいだ気持ちが分かった。

息子は次々と飛ばし、あっという間にすべてのヒコーキを飛ばし終えた。

「また下で作って飛ばす」

そう言ってエレベータへ走り出す息子を、父が「おい、ちょっと」と呼び止めた。

「実はお前たちに頼みたいことがあるんだが」

父は段ボール箱を私たちの前に置き、テープを剝がして上蓋《うわぶた》を開けた。

「これを飛ばしてやってほしいんだ」

私と息子が覗《のぞ》き込むと、そこには二十いや三十機はあるだろうか、紙ヒコーキが入っていた。

「ヒコーキじゃん」息子が手を伸ばす。

「ああ……。これはおばあちゃんが入院中に折ったものなんだ」

「え、母さんが？」私はヒコーキに目をやる。

「ここの用紙を取り寄せてほしいって言われてな。それでタケちゃんっていう同級生に連絡して送ってもらったんだ。母さん、いや、あいつにしてみれば、ここからヒコーキを飛ばせば願いが叶うんじゃないかって思ったんだろう。ほら、同窓会で来たときな、紙に、贔屓《ひいき》の歌舞伎役者と写真が撮れますようにって書いて飛ばしたら歌舞伎座で海老蔵《えびぞう》と一緒に写真が撮れたって喜んでた。偶然だったのかもしれないが……」

内緒……と言っていたのはそんなことだったのか……。

「だから、自分の病気も治るんじゃないかって……そう信じたかったんだろう。『病気が治りますように』ってたくさん書いてあった。ただ、ここまで来て自分で飛ばすような余力は、もうなくなってたし。いよいよダメなんじゃないかって悟ってからは、願い事というより、まるで遺書のような文に変わってたよ。どれも家族を気遣ったようなものばかりだ」

「読んでもいいかな」

私はそう言って一機手にすると、折り順を遡《さかのぼ》るように紙を広げた。その紙にはか細い文字で『家族がしあわせでありますように』と書かれてあった。次々と開く紙に書かれた文は、父、私、妻、晃太郎の行く末を心配しながらも、しあわせに暮らしてほしいという気持ちで溢れていた。が、反面、無念さも伝わる。

「なんで、もっと早く教えてくれなかったんだよ。オレや父さんが代わりに、生きてるうちに飛ばしてやれば……」つい語気を荒らげた。

「ああ、そうしてやりたかった。でも、願い事のことは言わなかったんだ。先に誰かに喋《しゃべ》っちゃったら叶うものも叶わないって。それに亡くなった後は、何かと落ち着かなかったし。薄情かもしれんが気づいたのは、去年の暮れだったんだ……すまんな」

父は背中を丸めるように頭を下げた。

「いや、そっか、責めてるんじゃないんだ……」

父は「うん、うん」と頷き「で、その中のひとつに、こっちで暮らしたいっていう文が書かれてた。母さんは父親と折り合いが悪くて、こっちにあまり戻れなかった。相当苦にしていたんだろう」

「あ、それで、こっちで暮らそうと？」

「そういうことだ。お墓のことや、自分自身のこれからのことを、この地で母さんと向き合って考えてみるのもいいだろうと思ったんだ」

そういう考えがあったせいで、父の受け答えは要領を得ないものになっていたのか。

「で、晃太郎がこっちに来るっていうから、だったら、母さんの想いをお前たちと一緒に飛ばしてあげられれば、あいつも喜ぶだろうと思って、な」父は晃太郎の頭を撫でた。

「うん、飛ばそう」

息子がそう答え、私も大きく頷いた。

「これで願いが叶うってもんじゃないだろうけど、でも、オレたちがしあわせに暮らせるようにがんばれば、母さんの願いの半分くらい叶えてあげられるってことだからさ」

私たちは箱の中から一機ずつ手にして窓際に立った。

「晃太郎、お前がカウントダウンしろよ」

「うん。じゃあ、行くよ。5、4、3、2、1」

息子の「ゴー」の声に合わせ、私たちは〝母のヒコーキ〟を風に乗せた。三機の紙ヒコーキは寄り添うように宙を舞い、それは空にいる母の元へ届くような気がした。

ほら撮るよ

「ただいま」リビングに入った。

「あ、おかえり」

ダイニングの椅子に腰掛けていた妻の多恵子《たえこ》が振り向いた。

私は財布や鍵をドア近くの物載せ台に置き、上着を脱ぐとソファの背に掛けた。このマンションを購入して以来、帰宅したときのルーティーンなのだ。

大学を卒業し、家電メーカーに就職し、二十年が経《た》った。途中、バブルの崩壊後の不況や、俗にいうリーマンショックも経験したものの、なんとか勤め人を続けてこられた。

「ご飯、すぐ食べる？」

「ああ、頼むよ」

「もうちょっと早く帰ってくれれば、一緒に食べられたのになあ。ちょーっと、中途半端なのよね……」

壁掛けの時計に目をやると、八時を少し回ったところだ。

妻は少し億劫《おっくう》そうに「どっこいしょ」といったふうに腰を上げた。

一家揃《そろ》って食事を摂《と》れなかったことを残念がっているのではない。用意の二度手間がイヤなのだ。確かに、その面倒臭さは分からないでもないが……。

「遅くなってもいいから、どこかで飲んだついでに食べてきてくれてもいいんだけど……。もうホント、会社も余計なことするんだから」

昨年、内々に国の関係機関から残業を減らすようにと通達があったらしく、それを受けて我が社でも〝ノー残業〟の方針を掲げた。もっとも、社員のことを慮《おもんぱか》ってのことではない。残業を減らすことにより残業代も減り、その結果、利益が増える。これは対外的には業績アップにみえるという仕組みなのだ。それは社会全体として景気が上向いたような数字に繋《つな》がる。世の中には、いろんなところでいろんな思惑が渦巻いているものなのだ。

とはいえ、課長職にある私は部下の報告を受けてから帰り支度をするので、なかなか定時の退社とはいかず、早くてもこの時間になる。それを妻に言わせれば中途半端な帰宅時間ということになるのだろう。

「ま、そう言うなよ。あ、あいつらは？」

「瑞穂《みずほ》はお風呂、陽平《ようへい》は部屋に」

娘は中学二年生、息子は小学五年生だ。

「陽平は部屋か、めずらしいな」

この時間ならソファでテレビを観《み》ているかゲームをしているかのどちらかなのだが……。

「それがね、ちょっと、へそを曲げちゃって」

対面式キッチンカウンター越しに、妻はフライパンを手にしながら言った。

「どうした？」

「うん、それが……」

妻は躊躇《ちゆうちよ》するように一日言葉を切ってから続けた。

「明後日《あさって》の午後、クラスの子たちと、シンちゃんちでゲームしようって誘われたらしいんだけど、ほら、うちは予定が入ってるじゃない？　家族写真の……」

我が家では年に一度、新宿の百貨店内にある写真室で家族写真を撮ることが大切な行事になっている。明後日の午後はその予約をしてあるのだ。

「それで、シンちゃんちに行きたいって言い始めて。まあね、みんなとゲームした方が楽しいでしょうし」

妻は盆に載せた料理をテーブルに運んで来た。今夜は豚肉の生姜《しょうが》焼きか……。香ばしい匂いが鼻に届く。

私は胸の前で軽く手を合わせると「いただきます」と言って箸を手にした。

「で、どうした?」

「だから、じゃあ、パパに話してみればって言ったのよ。そうしたら『どうせ、だめだって言われる』って、最初から弱気だったんだけど……。そのくせ、ずっとご飯の間、『ああ行きたくない、行きたくない』って、溜息《ためいき》と文句ばっかり」

息子は何事にも反抗し切れないところがあり、グズグズした物言いになることが多い。

「で、あんまり煩《うるさ》かったんで、いい加減にしなさいって叱ったの、そうしたらブスっとして部屋に籠《こ》もっちゃったのよ」

「あいつ」

と、私が勢い席を立ちかけると「お説教なら後にして、まずは先に食べちゃってよ。温め直すの面倒なんだから」と私を制した。

「ああ、そうだな」

私は浮かせた尻を戻した。

と、そこへ、頭からバスタオルを被《かぶ》った娘がリビングに入って来た。

「あ、パパ、帰ってたんだ？」

「うん、今な」

「ちょっとどいて」と娘に言われ、私は椅子を引いた。その脇を通り抜けて、娘は冷蔵庫を開けた。そしてミネラルウォーターのペットボトルを手にし、取って返すとソファにどっかと座った。その風体が妻に似てきた。

「瑞穂、そうやって飲まないの。ちゃんとコップに移しなさい」

見れば、娘はペットボトルに直接口を付けて水を飲んでいる。街角でよく見掛ける光景だが、妻はそれが気に入らない。

「ひとりで飲み切るし」

そう言いながら、娘が身体《からだ》を捻《ひね》って私たちの方へ顔を向けた。

「そういう問題じゃないの。品がないってこと」

だが、妻の言うことなど馬耳東風といったように「あ、ヨウはまだ引きこもってるの?」と、娘は話題をすり替えた。態度といい、言葉遣いといい、瑞穂が男の子であってくれたら……いや、その太々《ふてぶて》しいところの半分でいいから息子に分けてやってほしいものだ。

「ねえ、あいつ、寝ちゃってんじゃないの」

「そうかもしれないわね」

「きっとパパにも叱られると思ってんだよ。でもさ、ヨウがみんなと遊びたいっていうのも分かる」

陽平の援護か。普段は、叩《たた》き合いの姉弟《きょうだい》げんかをすることもあるのだが、かと思えば、コミックスの貸し借りをし、その内容について楽しげに話をしたりすることもある。もっとも、大人の世界でも、敵対していた者たちが利益の一致で結びつくことなど日常茶飯事だ。家庭内も似たり寄ったりの法則があるということか。

「大体さあ、そんなことしてるのってうちくらいなもんだよ」

「そうなのか」私はそう返した。

「この間、ちょっとそんなこと言ったら『瑞穂んちって、家族仲いいんだね』って笑われた」

「笑われた？　それって、いいことじゃないか」

「何言ってんのよ、パパ。皮肉に決まってんじゃん」

「なんでだ、家族の仲がいいってことに問題でもあるのか？」

「中学生にもなって、親と日曜日に出掛けるなんて、フツーないからね。しかも写真撮りに行くだなんて」

この年頃になると、親との間に微妙な距離を置きたがるものだ。背伸びをしたがる時期には、親の後を付いて出掛けるなど、ガキっぽいと思えるのかもしれない。

「大体さあ、私の友達んち、そんなことやってないし」

他所《よそ》様がどんなことをやっているかなど知る由《よし》もない。聞かされて、意外に思うこともあるだろう。

いつだったか、部下たちとの酒の席で、家族写真のことを口に出した際「へえ、めずらしいことやってますね」とか「素敵じゃないですか」と言われたことがある。しかし「なんか、高貴な家柄みたいですね」と、茶化し気味に言う者もいた。きっと娘の友達は後者の感覚なのだろう。

「私だってさ、ディズニーとか誘われたけど、断ったんだよ。もういい迷惑」

娘は少しばかり反抗的な口調で言い返してきた。

「それにさ、なんか、ダサいポーズとか取らされるし」

去年の撮影の際「あ、お嬢さん、もう少し寄ってみましょう」と、再三カメラマンに注文されても、最後まで言うことを聞かなかった。場所も場所なので、厳しい目を向けて促したものの、力ずくで従わせるようなことはしなかった。結局、娘は不機嫌そうに私たちと距離を置きながらフレームに収まった。

まったくもって厄介な年頃だ。

「ゲームにしたってディズニーにしたって、行こうと思えばいつだって行けるだろう。でも、うちの場合、家族写真はこの時期じゃなきゃ意味がないんだしな」

私は持った箸を止めて言い返した。

妻と結婚したのは、十七年前の十一月。それは私たちが新しく家族としてスタートを切った日でもある。なかなか結婚記念日の日に合わせることは難しいが、その前後の日曜日に家族写真を撮ると私は決めたのだ。このことは子どもたちにも伝えてあるのだが……。

「だったらさあ、パパとママだけで撮ってくればいいじゃん」

「アホか、お前。それじゃ、家族写真にならないだろう」

「だったら、うちでセルフで撮っても同じじゃん。わざわざ出掛けなくても。ぱぱっと済むし、簡単だし」

「あのな、写真館へ行って撮ってもらうから意味があるんだ。それにちゃんと台紙に入れてもらいたいしな。なんで、そういうことが分からないかな」

「全然、意味分かんない。写真は写真じゃん。大体、お金だって払うわけだし。うちで撮ればタダじゃん」

「瑞穂、もういいかげんにしなさい」

おそらく私の顔色が変わったので、もう潮時であると思ったのか、妻が割って入った。

それでも「だって」と、娘は口を閉じようとはしなかった。

「ああ、もう、なんでもいいから、とにかく、みんなで行くぞ。いいな」と、私は、語気を荒らげて、強く念を押した。

娘はブスっとして、手にしたペットボトルを口に運んだ。

娘と言い合いをしている間に、すっかり冷めてしまった生姜焼きを口に入れ、ご飯をかき込んだ。妻は首を振りながら苦笑いをした。

「まだ、起きてるの？」

風呂から上がり、パジャマ姿の妻から声を掛けられた。

「ん、ああ、これ飲んだら寝るよ」

私は手にした缶ビールを見せた。

「陽平、お風呂にも入らず寝ちゃってた」

「そうか」

「じゃあ、私、先に寝るね」

「ああ」と一旦答えたが、リビングを出ていく妻の背中を「なあ」と呼び止めた。

「ん？」

「お前も、ホントは面倒臭いのか……その、毎年、家族写真撮るのって」

妻はドアの辺りに立ち止まったまま、少し間を置いて答えた。

「うーん、そうねえ。七五三とか入学式とか、そういう人生の節目みたいなときに、改まった気分で撮るだけでも充分かな。実際、それも撮ってるわけだし。だから毎年はいらないんじゃないかって思う……けど」

「……けど？」

「そうしたいんでしょう？」

私はゆっくりと頷《うなず》いてみせた。

「私は……いいわよ、一年に一回のことだもの。それくらいはつきあってあげるわ……。あ、あの子たちには私からもちゃんと話しておくね」

妻は目尻に皺《しわ》を作りながら笑った。

「じゃあね、おやすみ」

妻はそう言い残すと寝室に消えた。

私は缶ビールをテーブルに置き、立ち上がってリビングの東側一面の壁に作り付けられた本棚に近づいた。

爪先立って最上段に手を伸ばす。そこには、これまでに撮った白い台紙に収められた家族写真が並んでいる。

台紙は必ず三セット作る。一冊は手元に残し、あとは子どもたちが結婚したとき、いや家庭を持ったとき、それぞれ一冊ずつ持たせてやりたいからだ。

その中から一冊の台紙をランダムに取り出した。開いてみると、赤ん坊だった陽平を抱っこした妻と、髪をツーテールに束ねた娘が私と手を繋いで立っている。

別の写真を見てみる。私と妻の間に、お化粧を施し赤い口紅をちょこんと付けた着物姿の娘と、袴《はかま》姿の息子が千歳飴《ちとせあめ》の長い袋を提げている。七五三を兼ねての撮影だった。

写真の表面を指先で撫《な》でると、温《ぬく》もりが感じられた。

そうやって次々に手にしては開く写真を見ていると、さっきまで胸の中に立ち込めていた靄《もや》が静かに晴れていくようだ。

娘が言うように、スマホやデジカメで簡単に撮っても写真は写真なのかもしれない。でも、節目として、きちんと残すものなら、こういう形あるものがいい。それは同時に、また一年、家族が無事に過ごせましたという証《あかし》になるのだから……。

「ねえ、母さん、そういうことだよね」

私は亡き母へ語りかけた。

私の生まれ育った町は、関東平野の端っこにある。昨今、夏場の最高気温を争うという、あまりありがたい味のないことで全国的にその名を知られるようになった。

私は大学への進学で上京するまでの十八年間、そこで暮らした。

母は七人兄弟の末っ子だ。母の両親は早くに亡くなり、十五歳離れた長兄が家業の農業を継ぎ、親代わりとして兄弟の生活を支えた。

「兄さんたちと暮らしてたときは、毎日、賑《にぎ》やかだった」

母は、一家揃って写した写真を、私に見せながら、そう聞かせてくれたものだ。それはすっかり黄ばんでしまい、ひび割れたような線があったものだったような気がする。

父も同じ町の生まれ育ちで、土木会社で働いていた。

両親は見合いをして所帯を持ち、町営アパートに住んだ。間もなくして、私が生まれた。

幼い頃の記憶はおぼろげであり、あるいは誰かから聞かされた話を想い出として留《とど》めているのか定かではない。父のことは特に曖昧《あいまい》なものだ。

私が保育園に通っていた頃だ。父は通勤途中、乗っていたバイクで事故を起こし、突然、亡くなってしまったのだ。

「お父さんは子煩悩《こぼんのう》だったからねえ。悟《さとる》のことが大好きで」

母が父の想い出を語るとき、口癖のように真っ先にそんな言葉が出た。

父は帰宅すると、あぐらをかいた膝の上に小さかった私を載せ、テレビの野球中継を観た。なぜだか、固い筋肉質の脚の感触だけはよく覚えている。

そういう想い出が手伝ってのことかしれないが、父は穏やかな人だったように記憶されている。実際、叩かれたことはおろか、叱られたこともなかったのではないか……。

「だから、無念だったろうにね、悟と遊べなくなって」

事故は、目撃者の証言を基にした警察からの説明によると、道路に飛び出して来た猫を避《よ》けようとし、父のバイクが横転。前日の雨で濡《ぬ》れた路面が凍っていたようだ。バイクはそのまま反対車線へ。そこへ運悪くトラックが走って来たのだ、と。

「お父さんのことだから、びっくりしたんじゃなくて、猫を轢《ひ》いちゃ可哀想《かわいそう》だって思ったんじゃないかな。そういう人だったのよ」

私が大人になってからも、母はそう振り返るたびに、薄《うっす》らと笑みを浮かべながらも唇を嚙《か》んだものだ。私は猫のために死ぬなんてばかだと憤慨した時期もあったが、あの父ならそうだったのかもしれないと思うようになった。

あれは、小学二年生の初夏の頃だったか、下校時に真下《ましも》写真館の前を通りかかったときのことだった。ふと、ガラスケースに目をやった瞬間、私は驚いて足を止めた。

戦前からあるその古い写真館は、建物全体を茂ったツタの葉で覆い尽くされていた。入り口の並びにガラス張りの大きな飾り窓があり、その中には、数点の写真が飾られていた。お宮参り、七五三、成人式を迎えた晴れ着姿の女性のものだった。永らくそこに飾られていた写真は変色しているものもあった。

それらに交じって飾られていた一枚の写真に私の目は釘《くぎ》付けになったのだ。

私はツタの蔓《つる》に足を掛けてよじ上ると、ガラスケースにくっつくくらいおでこを近づけた。

背広姿の父、ワンピース姿の母、少しばかり粧《めか》し込んだ両親に挟まれ、千歳飴の袋を手に提げた私がいた。

あ、そうだ。七五三のときに撮ったやつだ……。そんなことを、ふと思い出した。学校の行き帰りに何百回と通っていたはずなのに、初めてそのとき気づいたのだ。

と、突然「ボク、どうした?」と背後からそう声を掛けられた。

私がびっくりして振り向くと、おじさんが立っていた。なんの悪さをしたわけでもないのに、私は咎《とが》められた気分になり、慌ててその場から逃げ出そうとしたのだが、足がツタに引っ掛かり転んでしまった。

「おいおい、大丈夫か」

男の人はランドセルを支えて私の身体を起こすと、屈《かが》みながら私のズボンの膝の汚れを叩《はた》いてくれた。

「ああ、ごめんな、脅かすつもりはなかったんだよ、許してくれな」

謝られたせいでほっとして、逃げようとする気はなくなった。

「写真見てたのかい?」

私はこくりと頷いた。

「そうか。知ってる人でもいるのかい?」

私たち親子が写っている写真を指差した。

「あの、これ、僕んちの……」

おじさんは、写真と私を見比べながら「へえ、じゃあ、何かい、ボクは吉田《よしだ》んちの息子？」と声を上げた。

私はまた頷いた。

「そうか、この子がボクってことだな。ちょっとお兄ちゃんになったなあ」と私の身長を確かめるように頭を撫でた。

「吉田は……ボクのお父さんは」と言い掛けて、おじさんはその後の言葉を呑《の》み込んだ。そして子どもの私でも分かるほどぎこちない笑顔を作った。父が亡くなったことには触れまいと配慮したのだ。

「ボクの……あ、えーと、ボクの名前なんだったたっけ？」

「悟」

「あ、そんな名前だったたな。悟くんのお父さんとおじさんは同じ小学校と中学校に通ってて、同級生だったんだよ。中学じゃ野球部で一緒だった」

おじさんは「そうだ、一緒に野球をやってたんだ、一緒に」と頷きながら繰り返した。

その晩、農協で働いていた母が帰宅すると、私は写真館での出来事を話した。

すると、母はおもむろに押し入れの奥から箱を取り出した。

「悟が見た写真はこれだね」

母から見せられた写真は台紙に収められていたが、ガラスケースに飾られていたものと同じものだった。

「うん、これこれ」

母は大きく息を吐き出すと、指先でゆっくりと写真の表面を撫でた。

「お父さんの置き土産になっちゃったねえ、この写真……。悟の七五三のとき、お父さんが真下のところで写真撮ってもらうかって言い出したの」

父が事故を起こしたのは、その二ヶ月後の冬の朝のことだったのだ。

「うちのカメラで撮ったりはしてたんだけど、かしこまって写真館なんかで撮ることはなかった……。今にして思えば何か虫の知らせのようなものでもあったのかな。家族一緒のところを遺《のこ》したかったのかもしれないね」

母が悔やむように背中を丸め、溜息をこぼした。

翌日から、私は学校への行き帰り、ガラスケースの中の父に向かって「行ってきまーす」「ただいまあ」と心の中で呟《つぶや》くことが習慣となった。周囲の人から父の記憶が消えていっても、私はその写真のお陰で温かい気持ちになれたのだ。

それから半年くらい経ったある日。真下さんがうちにやって来た。

「実は店舗も相当傷んできたんで、ついに建て直すことになったんですよ。で、これをね」

真下さんは茶の間の座布団に座るなり、写真館の名前が入った紙袋から写真を出した。

「吉田が、うんまあ、あんなことになってから、店の表にずっと飾ってたんですけど、ま、店がそういうことで……。陽《ひ》が当たって大分色褪《あ》せちゃったし、それに同じ物があってもどうかなとは思ったんだけど、奥さんや悟くんに渡した方がいいんじゃないかなと。それで持参しました」

「わざわざすみません、お気遣いいただいて。嬉しいです。ありがとうございます」

「写真っていうのは、ただ人が写ってるっていうんじゃないんですよ。その向こうに、暮らしぶりとか、そのときの思いとか、そういうものがちゃんと写ってるもんなんですよ。ま、これは先代の、いや、うちの親父《おやじ》の受け売りなんですが。それでも最近、私もそういう意味が分かってきましたかね。それに喜んでくれる人が持っていてくれれば、それがいちばんですよ。吉田もそう望んでるんじゃないのかなって思って。ああ、そうだ写真館が新しくなったら、うちに撮りに来てくださいよ。な、悟くん」

「うん」

と、答えたものの、その約束を果たしたのは随分後になってからだった。大学進学で上京する春、私と母は真下さんに写真を撮ってもらった。

そのときの写真と真下さんが届けてくれた写真をバッグに忍ばせ、私は大学生活を始めたのだ。

だが、母をひとり故郷に残し、上京することに後ろめたさのようなものがなかったわけではない。

しかし、そのまま大学を卒業し、東京で就職、そして所帯を構えた。

いずれ、頃合いを見計らって、母に東京で一緒に暮らさないかと持ちかけるつもりだったが、娘が二歳になった頃、母は職場で倒れ、そのまま他界してしまった。

故郷には親戚も多くいるが、母が亡くなった後は墓参りくらいしか訪れることもなくなり、段々と疎遠になってしまった。

私の家族は、ひとつ屋根の下で暮らす妻と子どもたちだけになってしまった感がある。同時に自分の家族の姿を残したいと強く思ったのだ。

だが、家族写真を撮ることにこだわる理由は、妻だけにしか話したことがない。子どもたちにも話しておくべきか、とは思いつつ、それはそれで妙に照れ臭かったのだ。なんというか、親思いな、家族思いな自分をアピールするようで……。

リビングのソファで写真を眺めながら、昔のことに思いを巡らせていると、妙にしんみりとしてしまった。私は親指の腹で、洟《はな》を拭った。

と、リビングのドアが開く気配に振り返った。

寝ぼけた様子で、息子は大あくびをしながら、しょぼつかせた目を擦《こす》っている。

私はもう一度、洟を拭った後「おい、どうした、トイレか?」と声を掛けた。

息子は我に返ったように目を見開いた。明らかに何か気まずい感じだ。撮影に行きたくないとごねたことを咎められるのではないかと怯《ひる》んだに違いない。

息子は首を振った。

「ほら、風邪ひくぞ。ベッドに戻って寝なさい」

深夜に小言を言うこともあるまい、私はそう言って笑った。

息子は何度か私の方へ振り向きながら、リビングを出た。


日曜日の午後、昼食を済ませてから、私たちは京王線《けいおう》で新宿へ向かった。

娘は相変わらず、出掛ける段になっても「ホント、マジ、面倒なんだけど」などとブツブツ文句を言っていたが、息子といえば、すっかりあきらめたのか、黙って付いて来た。

まだ十一月だというのに、あちらこちらでクリスマスの飾り付けが目につく。

生暖かい空気の漂う地下通路を抜け、新宿三丁目まで歩く。そこから本館にあるデパ地下へと入る。どこのデパ地下も、食のワンダーランドと化しているが、特にこの百貨店のデパ地下は、店舗や商品が充実しているせいで、いつ来ても賑わっている。

洋菓子売り場を抜け、鮮魚売り場を通り、またその奥へと進む。通路は別館へと続く。写真室は別館の三階にある。

エレベータで写真室へ向かう。

受付で予約の確認をし、通路に置かれた長椅子で待つ。

年に一度しか訪れない場所ではあるが、つい最近もやって来たような気になる。歳《とし》を取るたびに時の流れは加速するようだ。この分では、あっという間に定年を迎えることになるだろう……などと考えた。

七五三の写真を撮るための家族や、晴れ着を着た若い女性を囲む家族の姿もある。近年は、成人式の写真を前倒しで撮ってしまうのが流行《はや》りらしい。式典やパーティーに参加する前にバタバタしたくないからだという。

そんな家族連れに交じった我が家の出《い》で立ちは普段着だ。

「瑞穂、陽平、撮る前に髪くらい梳《と》かしなさいよ」妻が子どもたちに声を掛ける。

細長いロビーの側面に、縁に照明が点《つ》けられた鏡が置かれ、客は順番を待つ間に髪を整えたりするのだ。

「いいよ、別に」

娘は椅子から立ち上がろうともせず、相変わらずぶすっとしたままだ。

「もうっ、別にじゃないでしょ。折角撮るんだから、ちゃんとしなさい。女の子なんだから」

妻から強く言われ、渋々立ち上がった娘の腕を息子がつかむと「お姉ちゃん、行くよ」と更に促した。

「分かったし、放しなよ」と悪態をつきながら娘は息子の後に続いた。

「え、どうしたんだ、陽平……」妻に尋ねた。

妻は「ああ」と意味ありげに短く笑うと「ねえ、あなた、一昨日《おととい》の晩、写真見て泣いてたでしょう」と私の顔を見た。

「はあ？　そんなわけないだろう」

「陽平が『パパが泣いてた』って心配してたわよ」

そういうことだったか……。あれは咎められるのが気まずかったのではなく、私の様子に気づいたからだったのか。

「泣いちゃいないさ。いや、まあ、少しばかりしんみりしてたけど、な」

「だから、ちょっと話したの。どうしてあなたが、家族写真を撮りたがるのかってこと。お義父さんのこととかも。あ、マズかった？」

「別に秘密にするようなことじゃないからな。で、あいつ何か言ってたか」

「それがね……。『パパは大丈夫なのか、死んだりしないよね』って真顔で訊《き》いてきたわよ。写真を撮るのはよくない前兆だって勘違いしたみたいで」

「おいおい、勝手にオレを殺すなよ」

と、苦笑いをしつつも、息子の気持ちが嬉しくもあった。

「オレは大丈夫。親の分まで長生きするつもりだ。そして、やつらが結婚して、孫ができて、大勢でここで写真を撮る」

「あの子たち、そんなにすぐ結婚するのかしら。ううん、できるのかしら？」

「ああ、じゃあ、相当オレはしぶとく生きなきゃならないな」

「頼むわよ。大体、結婚のことより、まだまだ学費もかかるんだから」

妻は愉快そうに笑った。

「順番をお待ちの吉田様。スタジオの中へどうぞ」係の男性に呼ばれた。

「はい」と返事して、私たちは腰を上げた。

薄暗いスタジオ内で、各々《おのおの》、立ち位置をカメラマンから指示され、私たちはそれに応える。

今年は私と妻が椅子に座り、子どもたちが後ろに立つようだが……。

「あ、はい、お嬢様。もう少しお父様の方へ寄ってください」

娘は去年同様、私たちから少し離れて立っている。カメラマンの指示にも耳を貸さないふうだ。さすがに可愛《かわい》げがないと思い、注意しようと振り向いたときだった。

「ほら、みんなで撮るよ」と、息子が娘の腕を引っ張った。

「そうだ、みんなで、みんなで撮るぞ」

「うん、みんなで撮るわよ」

息子、私、妻からそう促され「何、それ」と首を捻りながらも、半笑いで娘は半歩近づいた。そのとき、私には大家族となった未来の我が家の姿が浮かんで見えた。

お駄賃の味

ゲートの前には開門を待つ人たちが列をつくり始めていた。

連休の遊園地は来場者が途切れることなく訪れ、やはり活気があっていいものだ。特に幼い子どもたちが親に手を引かれ、はしゃぐ姿を目《ま》の当たりにすると、私自身、ついつい嬉しくなる。

私も若いスタッフに交じって、ロゴマークが入った緑色のお揃《そろ》いのジャンパーを羽織《はお》り、開園時刻前にはゲートに立つ。そしてお客様をお出迎えする準備をする。

「専務がそういうことをしなくても……」と部下の中には迷惑顔をする者もいる。一種のスタンドプレーに映るのかもしれないし、監視されているようでやりづらい面もあるだろう。しかし、時間と都合が許す限り、来場者ひとりひとりを「おはようございます」と笑顔で招き入れたいのだ。

ときには〝もぎり〟と呼ばれるチケットを切り離す作業を買って出ることもある。とはいえ、最近は空港の搭乗口のように、窓口で購入したチケットを機械の挿入口に入れれば、自動で半券だけが出てくる。それを手渡すだけだ。前売り券や特殊なものだけは〝もぎり〟やスタンプを押して対応する。

私は元々、この施設の親会社である鉄道会社に籍を置いていた。グループ傘《さん》下《か》のここへ移ったのは十年前、四十代半ばのことで、当時は企画部長としての着任だった。元の職場では「左遷《させん》人事」などと揶揄《やゆ》する者もいたようだが、私はそうとは限らないとは思っていた。事実、上司から「集客アップを頼む」と送り出されたのだから……。

今では遊園地をアミューズメントパークやテーマパークと呼ぶのが主流になったが、呼び名は変われども老若男女を問わず楽しめる空間であることは間違いない。

ディズニーリゾートやＵＳＪなどといった巨大施設と比較すれば、その収益に差をつけられてはいるが、都内に立地するこの遊園地は交通の便がいい。加えて、夏期にはプール、冬期にはスケートリンクの営業もある。シーズン毎《ごと》に需要はあるのだ。

だが、それに甘んじてはいけない。着任後〝絶叫マシン〟と呼ばれるアトラクションやホラーハウスを充実させ、また、クリスマスシーズンにはLED電飾を用い、園内をイルミネーションの王国に変えた。更に一昨年《おととし》からは、満を持してプロジェクションマッピングを投入した。その結果、ここ数年、客足は順調な伸びをみせた。

そして、昨年、私は専務へと昇進した。

十ヶ所ある入り口にそれぞれスタッフが立つ。

開門を知らせるチャイムの音と同時に、人々が園内へと走ってゆく。私はお辞儀をしながらも、その光景を目で追う。

「あのー、すみません、お客様。ちょっとお待ちを」という声が聞こえた。

3番ゲートに目を向けると、若い男子スタッフが親子連れを呼び止めていた。

何事だろうと近づく。小学二、三年生くらいの少年を連れた母親と思《おぼ》しき女性が明らかに困った表情をしていた。

背後からスタッフに「どうした？」と小声で問い掛けた。

「あ、専務……。こちらの方がこれを」と何かのチケットらしきものを二枚差し出した。

手にすると、それは当園の招待券で、つまり無料チケットだった。

昨年、大手外食チェーンとのコラボレーションを実施した。ファミリーレストランなどで食事し、ポイントを10点貯《た》めると、当園の招待券がもらえるキャンペーンだった。

「で、何か問題が?」

「ほら、ここです」

スタッフが指差す箇所の日付を見ると、三月末日までの有効だと記されていた。すでに一ヶ月以上過ぎていた。

「どうやら、勘違いをされたようで……。僕も最初気づかず、うっかり半券を切ったんですけど、すぐに気づいて事情を説明していたところなんです」

スタッフも困惑顔だ。

その後ろにも列はできている。このままでは他のお客様に不便をかける。

「君は持ち場に戻りなさい」とスタッフに告げると、私は「こちらへどうぞ」と、その母子をゲート脇の柱の陰に誘導した。

「彼からもご説明があったかと思いますが、これは期限が過ぎてしまっていて。申し訳ありませんが、あちらの窓口でチケットを……」

と、まずは通り一遍の案内をしながら、その母子の身なりに目を向けた。最初、四十歳は超えているのではないかと思えた母親はもっと若く、もしかすると三十代半ばなのではないか。化粧気がなく青白くやつれたような顔、しばらく美容院へ行ってないのではないかと、男の私でも推測できるほどの髪。衣服もまた、着古した感は否めない。

少年に目を向ければ、青いトレーナーは色褪《あ》せ、その首回りは伸び切っていた。足許《もと》に目を移せば、シューズの爪先は擦り切れている。

見掛けで人を判断するものではないと言うものの、とても裕福な暮らしを連想させるものではなかった。

「パート先の店長からもらったものなんです。でも、なかなか休みが取れなくて」

　母親はすまなそうに少年を見た。

「そうですか。それは……」

　私の言葉が終わらぬうちに「すみません、私が見落としていたので……。もう分かりましたから……」と、母親は微笑とも苦笑いともつかない、それでいてせつなさのこもった笑い方をすると、深くお辞儀をした。

　納得して、そのままチケット購入窓口に歩むのだろうと安堵《あんど》したとき、母親は「ジュンペイ、ごめん。お母さん、うっかりしちゃった。これじゃ入れないの。ごめんね、今日は帰ろう」と少年の背中に触れた。

　少年は不平や文句を言うでもなく、ただ項垂《うなだ》れた。

　今日の日を楽しみにしていたことは容易に想像がつく。なのに、ここまで連れてこられて「帰ろう」と言われれば、恨みつらみのひとつ、悪態をついてもおかしくはない。むしろ、その方が子どもらしいというものだが……。そう思うと、細身の身体《からだ》が余計に小さく見えた。

「どこかの公園でお弁当食べよう」

母親の言葉に少年はまた無言で頷《うなず》いた。

見れば、母親の肩から提げられた布バッグにピンク色の水筒が覗《のぞ》いている。

おそらく、その下に母親が作ったお弁当を忍ばせてあるのだろう。

一日アトラクション乗り放題のフリーパスは大人四千円、小人二千円だ。親子で、計六千円。

しかし、それを払って中に入ることを選ばず、帰ろうというのだ。

財布の中身を見せてもらうまでもなく、持ち金がない……いや、あったにせよ、この母子にとって、そのお金は遊園地を楽しむことに使えないのだろう。

いつだったか、テレビの番組で、母子家庭・父子家庭の貧困ぶりを追跡した特集を観《み》たが、この母子もまた、貧しい暮らしを強いられているのではないか。勿論《もちろん》、この母子がふたりきりの生活をしていると決めつけるのは浅はかではあるが……。

いずれにしても、いつの時代も、そのときどきの景気が良くても悪くても、世間の片隅に追いやられる人たちがいるものだ。かつて、私の育った家がそうだったように……。

私が生まれ育ったのは北関東にある田舎町だ。

昭和四十年代半ば、世はまさに高度経済成長期ではあったが、うちの家計には無縁だった。

一家は両親と私という三人家族で、物心ついたときには、町外れの町営住宅に住んでいた。

戦後に建てられた平屋の借家は、狭い和室がふたつ、屋根や外回りをトタンで張った粗末な造りをしていて、雨漏《あまも》りや隙間《すきま》風が入り込むという代物だった。

父は近所の板金工場で働き、休むのは日曜日と、盆暮れの数日間だけ。あとは来る日も来る日も、薄汚れた鼠色《ねずみいろ》の作業服を着て仕事へ出掛けた。母は、駅前商店街のうどん屋で、お昼の間だけ配膳《はいぜん》をしていた。

所謂《いわゆる》、貧乏暇なしではあったが、それでも慎《つつ》ましく平穏に暮らしていたのだ。

だが、私が小学五年生の新学期を迎えた頃、突然、父が病に倒れ、長期入院を余儀なくされた。それまでにも父は身体の不調を感じていたのだが、医者に診《み》てもらうことなどしなかったのだ。のちに腎臓を酷《ひど》く患っていることが判明した。

少額補償の保険にしか加入していなかったせいで入院代のすべてを賄《まかな》うことができず、母はうどん屋を辞め、スーパーマーケットで揚げ物を作る総菜係として一日中働くようになった。それでも今まで通りの生活を維持できるほどの収入は得られず、家計は苦しくなる一方だった。

父方の祖父母は早くに他界していて頼ることができず、母方の祖父母と、家の跡を継いだ伯父から援助をしてもらおうとしたようだが、伯母がよい顔をせず、伯父がこっそりとうちを訪ねては母に封筒を手渡していた。しかし、それも度重なると伯父の足も遠退《とおの》いた。皆、余裕などなかったのだ。漏れてくる大人たちの会話を聞いていれば、いくら子どもであっても事態は呑《の》み込めた。

家に残された妻子の状況は分かっていたのだろう。父を見舞うと、父は私の顔をじっと見つめて「悪いな」とうっすらと涙を浮かべた。無口で愛想がいいとは言えなかった父だが、そんな姿を見せられては、恨み言も言えなかった。

二学期が始まる頃には、通っていた算盤《そろばん》塾の月謝も滞り、やめざるを得なくなった。ついには給食費を集金日に持って行くことができず、口さがない級友から「給食ドロボー」などと嘲《あざけ》りを受けたこともある。悔しかったが耐えるしかなく、無念の気持ちと一緒にコッペパンに齧《かじ》りついた。

それから卑屈になった私はクラス内で孤立した。いや、自ら関わり合いを少なくしたのだ。

放課後の遊び仲間に加わることさえ避《さ》けた。彼等が帰り道に買い食いをする様を指をくわえて見ているのが厭《いや》だったからだ。

母は「ごめんね」と情けなさそうな顔で私に謝った。最初は「平気だよ」と答えていたものの、そのうち黙ってそっぽを向くようになっていた。

あれは運動会が終わった頃だったか……。

同じクラスの女の子の家が火災に見舞われた。彼女の家は大衆食堂を営んでいて、夜間、隣の家から出火したもらい火で店舗兼自宅が全焼してしまったのだ。

当時、そういう家庭があると、全校児童から等しく少額の見舞金を徴収した。もう金額は忘れてしまったが、硬貨一枚で済む程度ではなかったか。

その数日後、私は担任の新井《あらい》先生に呼ばれた。

新井先生は四十代半ばの男の先生で、学年主任も務めていた。背が高くがっちりとした体格をしていた。悪さを見つけると「こらあっ」の一喝で生徒たちを震えあがらせる恐《こわ》い存在だったのだ。

「松山《まつやま》のところへ、これから見舞金持って行くから、一緒に来い」

「え、なんでオレが？」

　普通は、児童会役員や学級委員長がその役目を果たすことになっていたので腑《ふ》に落ちなかった。

「いいから来い」

　放課後、あまり気が進まないまま先生の白いカローラに乗せられ、彼女が身を寄せた親類の家へ向かった。

　私は少し緊張しながら「全校児童からのお見舞金です」と、彼女の両親に見舞い封筒を手渡した。

　その帰り道「しっかり役目を果たしたな」と、先生が褒《ほ》めてくれた。

　と、私の腹が鳴った。

「なんだ、裕之《ひろゆき》、腹減ってるのか？」

　私は恥ずかしさに胃袋の辺りを押さえ「なんでもない」と頭《かぶり》を振った。

　夕方が近づくと、給食を食べても腹が減った。

「何か食べるか？」

「遠慮するな。見舞いの役目を果たした駄賃《だちん》代わりだ。何が食べたい？」

「いらない」

何度か押し問答をした後、私は「肉まんがいい」と小さな声で答えた。

駄菓子屋の店先で、ガラスケースの中で蒸された肉まんを売っていた。その前で立ち止まると、店主の老婆がこれみよがしに手招きする。

だが、日々の小遣いなどない。もう捕まってもいいから、ばあさんの隙を見て盗んでしまおうか……そんな思いも胸を過《よぎ》ったが、結局私は、生唾《なまつば》を飲み込み、その場を立ち去るのだった。

「肉まんか。そりゃあいいな、じゃあ、先生も一緒に食べるとするか」

先生は街中を見回しながら「あそこにあるな」と目についた店の前で車を停《と》めた。

そこで肉まんを買い、車の中で食べた。

「うまいか？」

「うん」

私は熱々の肉まんにかぶりついた。傍らには今まで見たこともない先生の笑顔があった。

それから数日が経った。

ランドセルを背負い、帰り支度をしていると、先生から「裕之、花壇《かだん》の手入れを手伝ってくれ」と言われた。

学校では学年毎に花壇の場所が区切られ、思い思いの種を撒《ま》き、苗を植え、係が花の世話をしていた。大概、その係は女子がするものだったので、正直、厭な感じがした。

「さ、来い」

有無も言わさぬ調子で言われては従わねばならない。私は渋々、先生の後についていて校舎前の花壇に行った。

花壇はレンガを半分土の中に埋め、囲ってある。

「割れたり欠けたりしてるレンガを新しいものに代えるぞ」

物置小屋から一輪車にレンガを載せて運び、先生の指示通りに入れ替えていく。

作業は校舎の長い影が私たちを覆《おお》う頃までかかった。夕日が微《かす》かに射《さ》す校庭には児童の姿はなくなっていた。

「よーし、これで終わりだ。裕之、ご苦労様だったな。手伝ってくれた駄賃代わりに、また肉まんでも食べるか？」

先生は土の付いた軍手を外すと、手の甲で額の汗を拭った。

今回は労働をした実感もあり、何より先日の肉まんの味を思い出した私は躊躇《ちゅうちょ》なく「うん」と返事をした。

「じゃあ、先生が買いに行ってくるから、裕之は道具を片付けて、ここで待ってろ」

一輪車やスコップ、ほうきを物置小屋に仕舞って待っていると、先生が息を切らしながら走って帰ってきた。

私たちは朝礼台の階段に並んで座り、肉まんを齧った。

「なあ、裕之、お前ちゃんと勉強やってるか。この間の算数の点、あれじゃだめだろう」

一昨日《おととい》あった算数テストの点は60点だった。

「算数だけじゃないけど、今、しっかりやっておかないと、中学になったら困るぞ。いや、その先、高校や大学だってある」

「いいよ。オレ、そんなに勉強好きじゃないし」

「嫌いだってやらなきゃならないときが人生にはあるんだぞ。まあ、まだ分からないかもしれないけどな。とにかく、もう少し努力しろ」

私は答えることなく、また肉まんを齧った。

「あ、そうだ。今度の土曜日の放課後、何か予定はあるか？」

「ええ、またなんか手伝いさせるつもり？」

私はそう勘ぐった。

「おいおい、そう厭な顔をするなよ。あのな、先生んちの庭に枯れ葉が溜《た》まってて、それを掃除するのが大変でな。今日の裕之の働きぶりを見てたら、お前と一緒にやれば早く片付くかもしれないなって思ったんだよ」

多少、悪知恵の働いた私は、掃除を手伝えば、また何か食べさせてもらえるに違いないと思った。しばし考えたふりをしてから「しょうがねーな。手伝ってやってもいいよ」と返した。

「生意気な言い方しやがって」

先生は私の髪の毛をくちゃくちゃに撫《な》で回しながら、校庭に響き渡るような大声で笑った。

土曜の授業は昼で終わった。

教職員用の玄関前で先生を待ち、先生の車に乗って学校を後にした。

先生の家は田園地区にあり、車は舗装《ほそう》されていない砂利《じゃり》道をゴトゴトと揺れながら走った。

やがて生け垣に囲まれた敷地に車は入った。

庭には背丈より大きな石と灯籠《とうろう》が置かれ、様々な種類の庭木が空に向かって伸びていた。

車から降りて、母屋《おもや》を見上げると、旧家らしい構えをしていて、それは私の住む借家とは比べ物にならないくらい立派なお屋敷に見えた。

先生は玄関の引き戸を半分くらい開けると「幸子《ゆきこ》、帰ったぞ」と家の奥に呼び掛けた。すぐに中年の女性が現れた。

「先生の奥さんだ。こっちはうちのクラスの浅井《あさい》裕之くん」先生が互いの紹介をする。

私は「あのー、こんにちは」とぎこちなくお辞儀をした。顔を上げると、奥さんは一瞬はっとした様子だった。

「いらっしゃい……」

「今朝、話してた通り、裕之と庭掃除をやる。終わったら、この子になんか食べるもの作ってくれないか」

「はい、分かりました」

奥さんは今一度、私を見た後、奥に消えた。

「よし、じゃあ、始めるとするか」

先生が腕まくりをする。私もそれを真似《まね》た。

納屋《なや》から熊手や竹ぼうきを持ち出し、早速、掃除に取りかかった。

枯れ葉を熊手で掻《か》き集め、竹で編んだ大きなちりとりに入れ、それを庭の一画に運んで山積みにする。

「今日は風があるからだめだけど、今度、焚《た》き火をして芋でも焼くか。先生んとこな、畑もあるから野菜も作ってるんだぞ。どうだ、畑仕事も手伝ってみるか」

「先生さ、人使い荒いよ」私は笑って返した。

「なあ、お父さんはまだ退院できそうにないか？」

「うん……オレには分かんない」

私は手を休めず答えた。

「そうか、お母さんも大変だな。でも、きっとお父さんもよくなるさ」

「父ちゃんがよくなってくれないと、どっこにも連れてってもらえないしさ」

「ああ、そうか……」

「今年の夏休みは観音ランドに行けなかった」

隣接した市に遊園地があった。

小高い丘の上に、鉄筋コンクリートでできた、御身四十メートルほどの白衣観音像が建っている。像の肩の部分に展望室があり、市街は勿論のこと、八ケ《やつが》岳《たけ》の山並みを一望することができるのだ。その足許に、遊園地とプールがあり、毎年お盆休みには家族で出掛けた。

私のお気に入りは、観覧車とゴーカートで、飽きることなく何度も列に並んでは乗り込んだものだ。言うまでもなく、その頃の私にとって至福の一日であった。

「先生、知ってる？　あそこのさ、ソフトクリームがうまいんだ」

「観音ランドのソフトクリームか……そういえば昔、食べたことがあったなあ。じゃあ……」と、明らかにその後に続く言葉を先生は呑み込んだ様子だった。

もしかすると「先生が連れて行ってやる」と言われるのではないかと期待した。だが……。

「いや……。じゃあ、お父さんが元気になったら、また家族みんなで行けばいい。それまでの辛抱《しんぼう》だ。よーし、あとひと踏ん張りがんばるとするか」

先生はそう言って熊手を動かした。

三時間くらいかけて庭掃除を終え、服に付いた埃《ほこり》や蜘蛛《くも》の巣を払った。納屋に道具を片付け、水道の水で顔と手を洗った。ひと仕事やり遂《と》げた充実感に、頬《ほお》を撫でる晩秋の風は心地よかった。

「さ、入れ」先生が家の中に招く。

広々とした土間があり、小上がりから畳の間が続く。物珍しそうに室内を見回すと、鴨居《かもい》には先祖の白黒写真が飾られていた。

「さ、上がれ」

先に座敷へ上がった先生の後に続いて私も靴を脱いだ。だが、靴下の爪先に穴があることに気づき、足の指を曲げるようにして穴を隠した。

座敷の中央に大きな座卓がでんと置かれ、その表面には美しい木目があった。

先生が出してくれた座布団に正座した。

「足は崩していいよ。ここは学校じゃない。楽にしなさい」

しばらくして、暖簾《のれん》で仕切られた台所から奥さんがお盆に載せた丼《どんぶり》を運んできた。湯気が立ち、すでに匂いが鼻に届いた。

「親子丼だけど、好きかな？　はい、どうぞ」

私の前にそれを置いた。

私は〝待て〟と命令された犬のように箸に手を伸ばすことなく、丼を眺めていた。いや、指示を待っていたのではなく、久々に温かい食事を前にして、しあわせな気分に浸っていたのだ。

母の帰りはいつも夜の八時を回っていた。夕食は用意されてはいたが、それは大概、売れ残った揚げ物ばかりだった。

「どうした？　ほら、食べていいぞ」

そう言われ、我に返った私は、まさに貪《むさぼ》るように掻き込んだ。

「おいおい、そんなに慌《あわ》てるな、つっかえるぞ」と言われるそばから噎《む》せ返った。

奥さんがすぐさまお茶を出してくれ、私は喉《のど》に詰まったご飯を押し流した。両親にはすまない気がしたが、ここが自分の家だったらいいのに……ふと、そんな思いが頭の隅を掠《かす》めた。

一粒残さず平らげ、膨《ふく》らんだ腹を撫でた。

満腹になった私は眠気に襲われ、あくびが出た。

「眠くなったか?」先生が笑った。

「だったら少し寝ていいぞ。まだ六時半だ。お母さん、帰ってこないだろう。三十分やそこらなら寝られる。なーに、ちゃんと起こしてやる。それから送っていってやるから」

瞼《まぶた》の重さに耐えかね、加えて少しばかり図々《ずうずう》しくなっていた私は、先生に促されるまま、座布団の上に横たわった。

「では、私も食事を済ませましょう」そんな奥さんの声が遠退いていった。

それからどれくらい経ってからだろうか。皿を重ねる音がした。

ぼんやりと柱時計に目をやると、針は七時を指そうとしていた。深い眠りに落ちた割には三十分も寝ていなかったのだ。

気づくと、私の身体の上には奥さんのベージュ色のカーディガンが掛けてあった。

起き上がろうとしたとき、奥さんの声に動きを止めた。

「こう見てみると、確かによく似てるわね」

「お前、さっきも同じこと言ってたぞ」

「だって……。声も仕草も、あの子にそっくり。びっくりしちゃう」

誰かに私が似ているということを話していることは分かった。でも、誰のことなんだろう？　だが、このまま盗み聞きをしてもよいものか。

「教師としては、私的な感情でこういうことをしちゃいかんのだが、お前にも会わせてやりたかった。もっとも、思い出させて辛《つら》い思いをさせてしまうかもしれないと危惧《きぐ》したが……」

「いいえ、そんなことは……嬉しかったですよ」

「おいおい、泣くなよ」

「だって……」

「だけど、それとこれとは別の話だ。そこはけじめをつけんとな」

「ええ、分かってます」

すると、柱時計が七回鐘を鳴らした。

私はあたかもその音で目を覚ましたように「ううっ」と声をあげ伸びをした。

「お、起きたか？」

先生に尋ねられ、上半身を起こし、あぐらをかくと、こくりと頷いた。

奥さんは少し慌てた様子で目尻を指で拭った。

「じゃあ、ぼちぼち送っていくとするか」

先生は奥さんに目を向けた後、ゆっくりと片膝を立てた。

玄関を出たところで「またいらっしゃいね」と奥さんから声を掛けられた。

私は小さく頷いた後「ごちそうさまでした」とお辞儀をした。

走り出した車の助手席から振り返ると、門の外まで出てきた奥さんが手を振っていた。その姿は夜の闇にすぐ紛れてしまったが、それでも手を振り続けているような気がした。


家に着くと窓に明かりはなく、母が帰宅している様子はなかった。

「お母さんにご挨拶して戻りたかったが……」

先生は玄関先で思案するように呟《つぶや》いた。

「大丈夫。オレから母ちゃんに言っておくから」

「待たせてもらうのもなんだしな。そうか。じゃあ、よろしく言っておいてくれるか」

私がドアノブに手を掛けると「裕之、今日はすまなかったな……いや、ありがとうな」と、先生は私の頭を撫でた。

「じゃあ、また来週、学校でな。ちゃんと宿題やってこいよ」

先生はそう言い残し、帰っていった。

それから間もなくして母が帰宅した。

「裕之、ご飯食べなかったのかい？」卓袱台《ちゃぶだい》に残されたメンチカツを見て言った。

「どっか具合でも悪いの？」

「ううん」と否定したものの、先生の家でごちそうになったとは言えなかった。それどころか肉まんのことも話していなかったのだ。それは後ろめたさを感じていたせいだ。

「じゃあ、なんで？」

「なんでって、別に……」

不機嫌そうに、しかも吐き捨てるように答えてしまった。

「なんだい、その言い方。母ちゃん、お前のこと心配してるんじゃないか」

母が苛立《いらだ》つのが分かったが、こちらも苛立ち「だって残りもんなんかうまくねえし。こんなんばっかりじゃあきるんだよ」と、悪態をついた。これまで溜め込んでいた鬱憤《うっぷん》が一気に噴き出したのだ。

「じゃあ、どうするんだい？　ずっと何も食べないでいるつもりかい？」

「いいよ、先生に食べさせてもらうからっ」

怒りにまかせて、つい口が滑ってしまった。

「先生？　先生って……」

「新井先生だよ。オレんちがビンボーだから、肉まんも何も買えねーから、先生が、先生が食わしてくれたんだ」

歯止めが利かなくなってしまった私は、先生が言っていないことまで口走った。

「今日だって、先生んちで親子丼食べた。先生んちの親子丼は母ちゃんが作るメシより、百倍うめえんだ」

母は急にしぼんだ風船のように肩を落とし、それきり黙ってしまった。

言い過ぎた自覚はあったが、謝ることはできず「もう、オレ寝る」と言い放つと、敷き放しの布団に潜り込んだ。

「ほら、朝ご飯食べたら、先生のうちに行くよ」と起こされた。前の晩、なかなか寝つかれず、寝入ったのは外が白み始めてからだった。

「なんでだよ」

「いいから行くよ。さっさと起きて、ほら」

困ったなと思いながら支度を済ませ、納豆がけご飯を掻き込むと、自転車に跨《また》がった。

私が道案内として先を走り、母が付いてきた。

ペダルを漕《こ》ぎながら、どうしたものかと思案したものの妙案は浮かばず、あっという間に先生の家に到着した。

自転車から降りた母は先生宅を見上げながら小さな溜息《ためいき》をついた。

玄関前に立ち「ごめんください」と母が声を掛ける。

すぐに奥さんが現れた。母の背後にいた私に気づき、驚きながらもすぐに先生を呼んだ。

「あなた、裕之くんのお母さんが……」

顔を出した先生が「どうぞ」と家に招き入れようとしたが、母はその場で話し出した。

「先生、うちの子がお世話になっていたのに、まったく気づきませんでした。大変申し訳ありませんでした」母は腰を折り曲げて頭を下げた。

先生は「言ってなかったのか」と私を見た。私は母の陰で身を縮めた。

「いやいや、私どもが勝手にしてしまったことで、こちらこそ申し訳ありませんでした」

今度は先生と奥さんが深々と頭を下げた。

「あの……先生……」

「はい」

「親切にしていただいて、こんなことを言えば恩知らずになりますが……でも、あの……うちが、その、いくら生活が苦しいからといって、食べ物を恵んでもらうなんて……うちは貧乏でも物乞いではありませんから」

母の表情は硬く、握った拳が微かに震えていた。母にとって、親としてのプライド、いや人としての意地のひと言であったのだろう。私が言った余計なひと言で母を傷つけてしまったのだ。

「いやいや、誤解されては困ります。そんな、そんな気持ちは毛頭ありません。決してそのようなことで裕之くんをうちに呼んだわけではありません」

先生が困った顔をしていると、「主人は……」と奥さんが割って入った。

「主人は私のために、裕之くんを連れてきたんです」

「はい？」母が奥さんを見た。

先生が「お前はいいから」と言う制止も聞かず、奥さんは一度深呼吸をすると話し始めた。

「実は私たちには息子がおりました。生きていれば、中学三年生になっていました……」

奥さんは、息子が亡くなったときのことを話し始めた。

五年前の夏休み、その子は友達と前日に降った大雨で増水した川に鰻《うなぎ》獲《と》りに出掛け、足を滑らせ濁流《だくりゅう》に呑まれて溺死《できし》したのだ。

大雨の後は、大きな鰻やどじょうが獲れる。そういうことは、この辺りに住んでいる者なら誰でも知っていることだった。

「予々《かねがね》、主人のクラスに亡くなった息子に似た生徒さんがいると聞かされておりました。私がつい、一度会ってみたいわねと言ってしまったものですから、主人はただ……。とにかく、お母さんがおっしゃるような、恵んでやっているとか、施しをしてやっているなどということはありません」

奥さんは二度三度と頭を下げた。先生が奥さんの肩を抱き、強く揺さぶった。

枯れ葉掃除に連れてこられたのは、そういうことだったのかと合点はいったものの、奥さんが詫《わ》びる姿に私はますます心苦しくなった。

「いかなる事情があるにせよ、また担任であるにもかかわらず、私情を挟んで接したことは申し訳なく思っております。でも、お母さん、私はただ単に裕之くんに食べさせたわけではありません。裕之くんには学校の用事を手伝ってもらいました。そのとき色々と話もできましたしね。そして裕之くんはしっかり働いてくれましたよ。おこがましいようですが、この子はがんばれる、大丈夫だと思いました。きっと裕之くんも分かってくれていると思います。だから夕ご飯は言うなれば、正当な報酬です。ご家庭内の肩たたきや皿洗いのお駄賃となんら変わりありません」

母は俯《うつむ》き加減に、目をしばたたいていた。

「ですが、結果的にお母さんに不愉快な思いをさせてしまいました。本当にすみませんでした」

先生がゆっくりと頭を下げた。

私はどうにもいたたまれなくなり、ついには大声を出して泣いた。

「裕之……何、泣いてんの、お前は……」母は私の名を呼ぶと、そっと背中を摩《さす》った。

「先生、私は、私は……」母はそこまで言うと首を振った。

そして一度小さく咳払《せきばら》いして「いえ、こんなばか息子ですが、今後ともよろしくお願いします」と頭を下げた。


遠い記憶があたかも昨日の出来事のように一気に胸を駆け巡った。

ジェットコースターの方向から〝キャー〟という歓声とも悲鳴ともつかぬ声が聞こえた。

「じゃあ、帰ろう」少年の背中を母親が押す。

「あ、ちょっと待ってください。お母さん、ではこうしましょう。私がチケット代を支払います」

そう申し出ると、その母親は「そんなことは」と手を大きく振って断った。

「いや、ただとは言いません。息子さんにちょっとお手伝いをしてもらいます。それが条件です」

意味が分からなくて当然だ、母親は黙った。そんな母親を尻目に「おーい、君」と私はスタッフのひとりを手招きした。

「Sサイズのスタッフジャンパーと名札ケース、それにマジックペンを事務所から持ってきてくれないか」と頼んだ。

すぐにスタッフは戻ってきた。

私は名刺大の紙に〝研修生・子どもスタッフ〟と書き込み、それを名札に挿した。

少年の前に身を屈《かが》めると「なあ、ボク。これを付けて、あそこでチケットをお客さんに渡すこと、できるかな?」と、ゲートを指差した。

少年は「できる」と頷いた。

「そうか、偉いぞ」

母親は思わぬ成り行きに戸惑いながらも、少年の後方に私と並んで立った。

少年はスタッフに教わりながら、機械から出される半券を来場者に渡した。

「お母さん、私は昔、恩師から教わったことがあります。実は私の育った家庭は貧しくて、気持ちが折れそうになったことがありましてね。そんな私に何かと手伝いをさせたんです。でも、それをやり遂げると、働いたお駄賃として、お腹《なか》いっぱいご飯を食べさせてくれたんですよ。美味《おい》しかったですね。結果、がんばることを覚えたんです。動機は不純ですが」

笑ってみせると、彼女も静かに笑った。

「勿論、がんばっただけでうまくいくような甘い世の中ではありませんけどね。それでもあきらめてしまったら、その先の未来はないんですよ。ああ、お喋《しゃべ》りが過ぎましたね」

私はそう言い残し、少年の脇に移り、その仕事ぶりに目を細めた。

一時間ほど経ったところで「よくがんばったね。ご苦労様」と、少年に声を掛け、私は新井先生がしてくれたように髪の毛をくしゃくしゃと撫でた。少年は満面の笑みを浮かべた。

「じゃあ、これからいっぱい乗り物に乗っておいで。あ、それから、これは……」と、私は少年に当園の封筒を渡した。

「なんでしょう？」母親が尋ねる。

「心ばかりのバイト料です」

「いいえ、これは受け取れません」

母親は私に返そうとした。

「いや、遠慮なく受け取ってください。そしておやつには是非、当園のソフトクリームを食べてください。私の自慢のソフトクリームです」

私が赴任してから力を注いだのはアトラクションやイベントばかりではない。実はフードコートの充実を図ったのだ。

中でも人気メニューとなった宮崎産の地鶏を使った親子丼、神戸牛を使用した揚げたてコロッケとメンチカツにはこだわった。そしてもうひとつがソフトクリームだ。私のふるさと近くの牧場と契約し、新鮮な牛乳で作る濃厚なソフトクリームだ。

「チケット代だけでも充分過ぎるのに、もうこれ以上は……」

母親はなおも受け取ろうとしなかった。

「これは別口のお駄賃です」

「え？」

「私の心を温かくしてくれた、そのお礼のお駄賃です」

私は自分の言った気障《きざ》な台詞《せりふ》に照れながら笑った。

ここにおいで

居間のソファに敷かれたお気に入りのタオルケットに横たわった愛犬、チョビの呼吸は弱々しい。悲しく切ないことだが、チョビに最期のときが迫っている。

「やっぱり、オレ、会社を休むわ。今日は大した会議もないし」

今朝、一旦背広姿に着替えた夫がご飯茶碗を食卓に戻しながら言った。夫は飲料メーカーで製造管理部の部長職にある。

「大丈夫なの？」と聞き返したが、ひとりでチョビの傍《そば》に付き添うのは心細いと思っていた。

「ああ、一日くらい、チョビのために休んだっていいだろう」

「だったら、私も休もうか」

「じゃあ、オレも」

傍《かたわ》らにいた娘の香奈《かな》、息子の圭一郎《けいいちろう》も会社を休むと言い出した。子どもたちの気持ちは分かるが「あなたたちは行きなさい」と促した。ふたりは「飛んで帰ってくるからな」とチョビの頭を撫《な》でてドアを出ていった。

紛れもなく、チョビは誰にとっても大切な家族なのだ。

チョビは推定年齢十三歳のノーフォークテリア。人間にたとえれば、六十八歳を超える老婆なのだ。でも、それも定かではない。

推定というには訳がある。この子を〝預かった〟とき、チョビについての情報が何ひとつなかったせいだ。

昨年の秋口、チョビは発熱をし、ぐったりとした様子をみせた。以前から老化が原因で腎臓の具合がよくないと、獣医には言われていた。食いしん坊だったのに、夏の頃からぐんと食も細くなり、日がなうつらうつらしていた。

「年齢的にもそろそろ……」

獣医ははっきりと口には出さなかったが、寿命であることを示唆《しさ》した。

そういう辛《つら》い覚悟もしなくちゃならないのか……と、頭では理解できても、心はそれを受け入れなかった。いや、想像したくもなかったのだ。

それからひと冬越え春が巡ってきた。このまま悪化せずに済んでくれればと思い始めた矢先……。五月の連休が過ぎたあと、朝起きて抱っこしたとき、妙におなかの辺りが熱いことに気づいた。

すぐさま病院に駆け込み診察を受けた。血液検査の結果、腎臓機能が著しく低下し、酷《ひど》い貧血もあるという診断だった。

それからというもの、点滴を打ってもらいながらチョビは病《やまい》と闘ってきた。ときには元気を取り戻したように、おやつのビスケットをねだることもあり、また元の生活に戻れるのではないかと期待させた。

しかし、ここ一週間は点滴や他の治療も効き目が表れず、家の中を歩くことも、立ち上がることすらできなくなった。

「随分、痩《や》せちゃったね」

若かった頃の張りというものが身体《からだ》に感じられない。いや、精気がない。入院をさせ、獣医の下、集中治療を行なってもらうという選択肢もあったが、もはや延命処置に過ぎない。点滴の針を刺すことさえ可哀相《かわいそう》で見ていられず、夫と話し合い、家で看取《みと》ってあげることにしたのだ。

獣医は最後の治療を終えたあと「残念ですが、明日か、保《も》って明後日《あさって》という状態だと思います」と目を伏せた。

居間の窓から見える空を厚い雲が覆い始めた。

チョビが目を開けて、私と夫の顔を見た。虚《うつ》ろなその目には私たちの姿はもう映っていないのかもしれない。

「ここにいるから、心配しなくていいからね」

そう呼び掛けると、チョビは安心するように瞼《まぶた》を閉じた。

「一緒に暮らして、九年かあ……あっという間だったな」夫が感慨深げにチョビの背中を摩《さす》った。

「そうね……。うちの子になってくれてホントによかった」

そう答えながら、チョビと出会った日のことを思い出した。


あれは九年前のことだった。

娘は大学二年生、息子が高校二年生になったばかりの頃。息子の弁当作りはあるものの、子どもたちに手が掛からなくなり、晴れて自由の身となった私は、中学高校の部活でやっていたテニスを始めた。以前からご近所の主婦仲間から誘われていたのだ。

テニスの予定がある日は、午前中に掃除洗濯という家事を終わらせ、彼女たちとファミレスでランチを食べたあと、公園に隣接されたコートへ向かう。それは自転車を漕《こ》げば五分と掛からない場所にある。

企業のグラウンドだった土地を区が買い取り、広々とした自然公園に姿を変えた。元々、保護樹林があるような緑の多い地区だ。手を掛け過ぎない、整備をし過ぎない、というのが公園のコンセプトらしく、小さなボールなら埋もれてしまうくらい、夏には背の高くなった草が一面を覆う。公園というより、原っぱといった感じだ。都内の公園には珍しく、キャッチボールもサッカーも禁止されていない。休日ともなると、そういうことを楽しむ親子で溢《あふ》れる。中にはシートを広げ、ピクニック気分でお弁当を食べる人たちもいる。桜の季節は特に、そんな光景を目の当たりにする。

その一画に金網に囲まれたコートが四面あり、抽選式ではあるが区民は優先的に予約ができ、週に二度、テニスを格安で楽しむことができるのだ。

その日、ひとしきりゲームを楽しんだあと、金網を背にベンチに腰掛け、スポーツドリンクで喉《のど》を潤していた。公園を取り囲むように配置された桜の樹《き》から、盛りを過ぎた花びらが風に飛ばされ、コートの上を転がる様を眺めていた。

すると、後方から「待て」という、男の人の声が聞こえた。

この公園は愛犬家が散歩途中に集う場所でもあり、種々雑多の犬たちと擦れ違う。ときには、こちら側で転がるボールに反応した犬が金網に沿ってボールの行方を追いかける。その様は可愛《かわい》く、微笑《ほほえ》ましいものだ。気まぐれに手を振ると、前脚を金網にかけ、愛嬌を振りまく犬もいる。

そういった光景に慣れているせいもあり、犬に指示をする声が聞こえてきても、いちいち振り向くようなことはしない。

テニスを終え、片付けを済ませ、ラケットと大きなバッグを肩から提げながらコートの外へ出た。

ふと、欅《けやき》と木蓮《もくれん》の木の下に目を向けると、一匹の犬がきちんとお座りをしていた。リードの先はテニスコートの金網の支柱に留められている様子だった。

もしかしたら、さっき「待て」と言われていたのはあの犬だったのではないか。だとすると、すでに一時間以上経《た》っている。

私は歩む方向を変えると彼女たちから離れ犬に近づいた。

目はくりくりとまんまるで、茶色の毛がフワフワとしている。脚が短いので、お座りをしているのにおなかが地面に着いていて、まるで〝伏せ〟をしているようだ。

「どうしたの?」彼女たちも寄ってきた。そして「わ、可愛い」と声をあげた。

犬は四人に囲まれて、どこか戸惑った様子をみせたが、すぐに愛想よく舌を出した。

「テリア系かしらね」宮下《みやした》さんが犬の前にしゃがみこんだ。

「この子がどうかしたの？」

「うーん、それがね、ちょっと気になって……」

私は気になる理由を説明し「飼い主は何をしてるのかしら……」と、彼女たちに問い掛けた。

彼女たちは一様に周辺を見渡した。私も一緒に四方に目をやったが、近場にそれらしき人の姿はなかった。

「あ、トイレにでも行ったんじゃない？」沢井《さわい》さんが指を差す。

すぐそこに公衆トイレがある。だから、その可能性はある。

「でも、そんなに長い間？」

「え、中で倒れてるとか？」

自宅のトイレで急に具合を悪くして一命を失う人がいるという話を耳にしたことがある。

「まさかでしょう……」

誰もが首を振ったものの、心配になり「一応、覗《のぞ》いてみる？」となった。

女子トイレには人影もなく、個室も空だった。男子トイレにズカズカと入るには気が引けたので、外から「誰かいますか?」と声を掛けたが返事はない。

「ちょっと覗いてくるわ。なーに、おばちゃんだもの」と、普段から明け透けな性格の平田《ひらた》さんが中に入った。

すぐに出てきた平田さんが首を振った。

「よかったあ。こんなところで死体発見なんて厭《いや》だものね」

沢井さんが冗談めかしに笑った。

「じゃあ、どこにいるのかしら?」

「きっと、あっちで遊んでるんじゃない?」と、広場を指差した。そこには子どもから大人までたくさんの人がいた。

とはいえ「このワンちゃんの飼い主の方はどなたですか」と聞いて回るのも気恥ずかしい。

「ここに捨てるなんてことないでしょう? しかも昼の日中に。そんなことしたら、目立っちゃうものね」

「そうよねえ」

みんなは頷《うなず》いたが、私は素直に頷く気持ちにはなれなかった。

「首輪もしてるし、リードだって。ほら、毛の手入れもされてるようだし。心配ないと思うわよ」

「きっと大丈夫よね」

と、突風が吹き抜けて埃《ほこり》を舞い上げた。見上げた西空を、にわかに灰色の雲が覆い始めていた。

「やっぱり雨になるのかしら？　天気予報当たりね」

「あ、洗濯物」

「じゃあ、その前にお買い物済ませて帰らなくちゃ」

彼女たちは、そんなことを口々に駐輪場へ歩み始めた。

それにつられるように、私もそのあとに続き、自転車のスタンドを撥《は》ね上げた。サドルに跨《また》がり、もう一度振り向いて犬を見た。その目は真っすぐに公園の入り口の方へ向けられ、迎えを待っているようだった。

その姿が、心の奥底に蓋《ふた》をして努めて忘れようとしてきた幼い頃の自分の姿に重なって見えた……。

私の両親は私が保育園に通っていた頃に離婚した。原因は母にオトコができたということだった。それは後にお節介な親戚の口から知らされたものだったが……。ただ、微《かす》かな想い出の断片を繋《つな》ぎ合わせると、母は子どもに愛情を持てなかったタイプの人だったのではなかったかと思える。母は私をひとり部屋に残し外出していたのだ。

私は父に引き取られたものの、すぐに父の実家に預けられた。

父は普通の勤め人で、会社と私の世話の両立ができなかったということだ。新潟《にいがた》の家は米農家だった。祖父母と伯父夫婦が同居していた。

「菜美子《なみこ》、お父さん、必ず迎えに来るから、それまでみんなの言うことをよく聞いて、いい子で待ってるんだぞ」父はポニーテールの私の頭を撫でながら微笑んだ。

その言葉に、預けられるのも一時のことだと信じていた。

祖父母や伯父夫婦は、私に同情……いや不憫《ふびん》に思っていたようで、やさしく接してくれた。特に伯父夫婦には子どもがいなかったせいか「娘ができたようで嬉しい」と言いながら、服やおもちゃを買ってくれたのだ。

父は一ヶ月に一度か二度の割合で会いに来てくれたものの「一緒に帰ろう」という言葉は出なかった。それでも私は週末になると、遊びにも出掛けず、玄関に座って父がやってくるのを待った。それは約束をしていなくてもそうしたのだ。だが、半年、一年、二年と過ぎるうち、父が新潟に足を運ぶ回数は目に見えて減った。それどころか電話の回数も減ったのだ。

私が小学五年生になった春、父は再婚することになった。相手の女性にも離婚歴があり、同じくらいの年の娘がいた。

「菜美子、お前はどうする？」

父の問いに、私は首を振った。「一緒に暮らそう」と言われていたら頷いていたかもしれないが……。それに何を今更という思いが強かった。

あのとき見せたほっとしたような父の顔が忘れられない。待たされ、待ちわび、そして裏切られる辛さを私は知ったのだ。

中学生になった頃、伯父夫婦から「養女にならないか」と訊かれた。祖父母も「それがいい」と後押しをしたが、私は頑として首を縦に振らなかった。娘を要らない父と子どものいない伯父夫婦と、利害が一致しただけのことだ。誰も私の気持ちなど分かってはいないのだ、と。

それからは、妙によそよそしく接した。反抗期ということもあったのだが、自分でもいささか可愛げがなかったと思える。しかし、ひと度、そういう態度をとってしまうと、なかなか素直になれず、たまに連絡が来ても、未《いま》だによそよそしい感じになってしまう。

スーパーで買い物をしていても、マンションの駐輪場に着いてもなお、犬の姿が頭から離れなかった。

　家の台所に立ち、買ってきた物をバッグから取り出し、夕食の準備に取りかかろうとしても、胸騒ぎは止まるどころか、その波紋は大きくなるばかりだ。

「きっと、もうお迎えに来てくれたわよ」

　私はあえて口に出し、自分に言い聞かせた。

　すると、台所の小窓に水滴が付くのが分かった。雨が降り出したのだ。雨に打たれる犬の姿が目に浮かんだ。

「うん、もうっ」

　居ても立ってもいられず、手にした庖丁《ほうちょう》をまな板の上に置いた。

　急ぎ、脱衣所に入り、使い古したバスタオルを買い物バッグに押し込んだ。

　傘を差し、住宅街の道を小走りに公園へと向かった。スエットパンツの裾《すそ》を濡《ぬ》らしながら急ぐ薄暗い欅並木の歩道がなんとも長い道程《みちのり》に感じられた。

　単なる思い過ごしで終わってくれれば……。そう願いながら公園の入り口にたどり着いた。

夕暮れで、しかも雨の降る公園には人影はなかった。伸びた木の枝に傘を邪魔されながら、テニスコートの前で目を凝らした。

「あぁっ」思わず、声が漏れた。

犬はそこに繋がれたままで、なんともせつなそうに背中を丸めていた。そのとき、この子は置き去りにされたのだと確信した。

正面にしゃがみ込むと傘の下に犬を入れた。すると犬は私の靴の先に両脚を揃《そろ》えて乗せた。

「こんなに濡れちゃって……」

桜の季節とはいえ、落ちる雨は重く冷たい。バスタオルを頭から掛け、濡れた身体を労《いたわ》るように拭った。犬は怯《おび》えているのか、寒いのか、小刻みに全身を震わせた。

犬を抱きかかえ、公園の管理事務所へ移動した。建物の中を窓越しに覗いたが、職員はすでに帰ってしまったようで人の気配がない。庇《ひさし》で雨を凌《しの》げる玄関前の階段に犬を下ろし、私は並んで腰掛けた。

さて、これからどうしたものか……。しばらく途方に暮れた。

「やっぱり、警察に連絡するしかないか。ね、そうしようか」

ケータイを手にして、タオルを被《かぶ》った犬に向かって同意を求めた。

通報して二十分、いやそれ以上待っただろうか、やがて一台のパトカーが到着した。

「犬の放置なんですよね？」恰幅《かっぷく》のいい中年の警官が尋ねた。

私は経緯を含め、その警官に説明した。

「うーん、そうですか。では、ご足労お掛けしますが、これから署に一緒に来てもらえますか。書類の作成をお願いしたいんです。生き物なんですが、拾得物扱いになるんですよ。その手続きをしていただかないといけないもので……」

そうするしかないのだろうと、再び犬を両腕に抱えパトカーの後部座席に滑り込んだ。

ものの五分もかからず、大通りに面した警察署に到着した。

玄関先に立っていた警官が私に抱かれた犬に気づき、一瞬きょとんとした顔つきになった。

カウンターで、警官が出した書類に氏名、連絡先などを書き込む。その間、犬は吠《ほ》えることなくおとなしくしていた。

「飼い主が見つかればいいですが。もし三ヶ月経っても飼い主が現れず、引き取り手もなかった場合は……」と、警官は言いかけて、そのあとの言葉を濁した。

末路は殺処分ということなのか。

「いずれにしましても、猶予期間の間、お宅様で預かっていただくことはできますか」

正直なところ、警察が優先的に飼い主を捜すようなことはしないだろう。他にすべきことはあるだろうし。飼い主が名乗り出る可能性も少ない。だから、その問いは、実質、私に引き取ってほしいということに等しい。ここまで関わってしまった以上、うちに連れて帰るしか手立てがない。

「ええ、まあ、そうですね……」

今住んでいるマンションは、中型犬までの大きさなら、一世帯につき一匹は飼っていいというルールになっている。加えて我が家は一階に位置し、狭いながらも芝生の専用庭がある。これくらい小さな犬なら、遊び場としても充分かもしれない。

「とりあえず、今日のところはうちで預かります」

と、言いつつも、相応の覚悟も何もないまま、私は犬を連れて帰った。


家に戻って、犬の毛に触れるとまだ湿っていた。

「今、ちゃんと乾かしてあげるからね」

熱風の当て方に気を遣いながらドライヤーで犬の全身を隈無《くまな》く乾かした。

「さあ、ここにおいで」

ソファに座り、膝《ひざ》の上に乗せると、やっと安心したのかいつの間にか犬は寝入った。

ささて、私の一存で連れて帰ってきたものの、夫や子どもたちの反応はどういうものか。

子どもたちはこれまでに一度も「犬を飼いたい」などとねだったことはない。結婚以来、夫からも「犬を飼おうか」という話が出たことはなかった。

どれくらいぼんやりしていただろうか。玄関のドアが開く音がして我に返った。置き時計に目をやると八時を回っていた。そして、夕飯の支度をしていないことに気づいた。

「ただいま」居間に入ってきたのは娘だった。

すると、私が何も言わないうちに「え、何々、可愛いんだけど」と娘はぬいぐるみでも抱っこするように、私から犬を取り上げた。

「どうしたの?」

「だからね……」

私は経緯をかいつまんで説明した。

「私、小学生のとき、ワンコほしかったんだよね」と娘が言い出す。

「あら、そんなことひと言も言わなかったじゃない」

「だって、前のマンション、ワンコ飼っちゃいけなかったじゃん。だから最初から無理だと思ってたし」娘が口を尖《とが》らせた。

子どもたちが小学校に通っているとき、私たち一家は賃貸マンションに住んでいて、そこでは動物を飼うことが禁じられていた。

間もなく、息子、夫が相次いで帰宅し、その度私は経緯を話すハメになった。

「と、いうわけでバタバタしてたもんだから、夕飯の支度ができなかったのよ。ねえ、今からピザ取っていい?」

普段、おなかを空《す》かせて帰ってきた子どもたちに、そんなことを言おうものなら大ブーイングとなるところだが、何も言わない。あっさりと「いいよ」と答えた。やや拍子抜けしながら、宅配ピザを注文することにした。

ピザを待つ間、みんな犬を取り囲んで、様々なちょっかいを出す。

娘は抱えたまま手放す素振りも見せず撫で回し、息子はその横から鼻先を近づけて匂いを嗅《か》いだ。

「お前、ポップコーンみたいな匂いがするな」と、その微かに漂う獣臭を評した。

「ほら、ディズニーランドのポップコーンスタンドの前を通ったときの匂いだ」などと、小さな男の子のようにはしゃいだ。

夫に至っては、デジカメを持ち出し、ポーズを要求しながらシャッターを切った。

犬は勝手に盛り上がる私たちの間で、各々《おのおの》の顔を確かめるように首を左右に振った。

ピザが届き、食卓に着く。娘は犬を膝の上に乗せたままだ。

「あら、ヤだ。この子もおなか空いてるんじゃないかしら?」

みんながピザを口に運ぶ様子に視線を送る犬に、そう思いついたのだ。

「これ、食わないかな」息子がピザの耳を千切った。

「やめなさい」と制した。

犬には食べさせてはいけないものが結構あるのだと、誰かから聞いた覚えがあったからだ。

私は冷蔵庫から牛乳パックを取り出すと皿に注いだ。

「今晩はこれで我慢してね」

小さいが子犬ではない。ミルクでおなかが満たされるか分からないが仕方ない。

用意した皿を置いてあげると、器用に舌を出してミルクを飲んだ。

「そうだ、この子はなんて呼べばいいんだ？」夫が言い出す。

そう言われてみると、名前を知らない。いや、知る由もない。

「呼ばれ慣れた名前もあるだろうし。それにうちが付けたあとに飼い主が現れる可能性もあるわけだしな」

と、息子が「じゃあ、とりあえず、アンチョビって名前は？」と、ピザの上の具を指差した。

「なんだ、それ」夫が首を振る。

「じゃあ、短くしてチョビ」息子が返す。

「あ、それって意外と可愛いかも。チビって響きに似てるし」娘が割って入る。

「じゃあ、そういうことにしておこう」夫はあっさり折れた。

「チョビ」みんながそう呼ぶと、ミルクの付いた口の周りをぺろりと舐《な》めた。


翌日の午前、近所の動物病院で検診を受けさせた。何か病気でもあるといけないと案じたのだ。

事情を獣医に話すと、時間をかけて念入りに検査してくれた様子だった。

「ノーフォークテリアですね。賢いし、人好きな犬種ですよ」

「この子、何歳なんですか?」

「たぶん、三歳か四歳だと思うんですが」獣医は自分に納得させるように頷いた。

「はい。どこも悪いところはなし、至って健康です。それに身体的な虐待を受けていたという痕《あと》もありませんね」

安堵《あんど》する。

「ふーん、でも、まったく解せないなあ」獣医が独り言を言った。

「はい？」

「いや、躾《しつけ》もしていたようだし、世話もきちんとしていた様子があるのに。ま、あくまで推測ですけど、飼い主は可愛がってたんじゃないかと思うんですよね」獣医は顎《あご》の辺りを押さえた。

「だとしても、どんな事情があるにせよ、こういうことするかな？」

私は声に出さず、獣医の疑問にこう答えた。

人は特別な理由などなくても、大切なものを手放すの。次にもっと大切なものができれば、人はそちらを選ぶ、そういうものなの、と……。

獣医から『犬と暮らすためのヒント』という小冊子をもらった。それを参考に、早速、ホームセンターへ足を延ばし、ペット用品を買い込んだ。ドッグフード、おしっこシートは勿論《もちろん》のこと、リードと首輪も新しいものを購入した。

配達を頼んでおいたケージや専用のマットが夕方に届いた。

いつになく早めに帰宅した夫と息子がケージを組み立てる。

「これで、ひょっこり飼い主が現れたらどうするかな」ドライバーを手にした夫が言う。ひと晩といえども、ひとつ屋根の下で過ごしたせいか、早くも情が移った様子だ。

「そりゃあ、返さなきゃだめでしょ」息子がからかうように答えた。

「ええっ、それってキツいなあ。時効を待つ逃亡者って、こんな気分なのかね。いやいや、何も悪さをしていないのに不思議な気分だ。チョビはどう思っているのかね？」

夫と同じで、それは気になるところだ。もの言えぬというのが歯痒《はがゆ》い。

だが、そんな心配は無用だった。案の定、預かり期間を過ぎても飼い主は現れず、梅雨明けが近づく頃、チョビを正式な家族として迎え入れることになったのだ。

「この三ヶ月、チョビを連れて行かれる夢を何度見たことか。な、これでずっと一緒だぞ」

夫は幼子を〝高い高い〟するようにチョビを持ち上げると、そう話し掛けた。

それでも、まったく不安がなかったわけでもない。

チョビは獣医の言っていた通り賢く、加えて躾もされていたようで〝お手〟〝お座り〟〝伏せ〟の指示にもきちんと従う。でも、ひとつだけ〝待て〟と言ったときは、首を左右に振り、目を合わせようとせず落ち着きなくうろうろとし始める。

理由はすぐに察しがついた。チョビにとって〝待て〟の指示は、置き去りにされたという心の傷を刺すものになっているに違いないと……。

「もしかすると今でも、前の飼い主を待っているのかな」

夫の言うことにも一理あるかもしれない。そう思うと、何か亡霊にでも悩まされる、いや嫉妬《しっと》する心持ちになった。

とにもかくにも、家族の生活はチョビを中心に動き始めた。私にとっては、子育てを再開したようなものだった。

夫や子どもたちは家にいるときは相手をしたものの、日々の殆《ほとん》どの世話は私に任せっきりだ。にもかかわらず、口を開けば「チョビはオレのことがいちばん好きだものな」「ううん、私の方が好きよね」などと競い合う。

「あなたたちはいいとこ取りして、ズルい」

ときどき、私は文句を言ったが、詰まるところ、チョビがいちばん慕っているのはこの私だという自負はある。当たり前の話だ。寝起きも一緒で、一日の大半は私の傍にいるのだから……。

掃除機のコードにじゃれつき、音を立てる洗濯機に驚き、畳んだ洗濯物の上に寝転がる。そして台所に立つと私の足許《もと》にきちんとお座りする。

チョビは、キャベツや白菜《はくさい》の芯《しん》が好物だった。きっと歯応《はごた》えがあってよかったのだろう。

『こんなにいい子にしてます。だから、それをください』と言う声が、私には聞こえたのだ。

「チョビはベジタリアンなのね」と、それを差し出すとシャキシャキと音を立てながら食べた。

チョビは毎朝夕の散歩が大好きで、外に出ると、まるで兎《うさぎ》が跳ねるように走った。その姿を毎日、ケータイのカメラで撮った。舌を出したチョビの笑顔の背景に四季の街並が写っている。

撮影は私に限ったことではない。夫も子どもたちも、ちょっとした仕草、寝顔、事あるごとにレンズをチョビに向けるのだ。その数は何千枚にもなっているだろう。

毎年、チョビの誕生日にはセルフタイマーを使い、一家〝五人〟の家族写真を撮り、居間に飾った。もっとも、残念なことに正しいチョビの誕生日を知らない。なので、チョビと出会った日、四月九日を誕生日にした。その日は特注のケーキを囲んでお祝いした。

だが、チョビが誕生日を迎えるたび、人間のそれとは違う早さで年をとっていることに気づかず、そんなしあわせな時間がずっと続くのだと信じて疑わなかったのだ。


チョビの呼吸は更に弱々しくなった。

窓の外には夕闇が降り、室内が暗くなった。夫は立ち上がると、蛍光灯のスイッチを押さず、ダウンライトの仄《ほの》かな明かりを灯《とも》した。

「こっちの方が眩《まぶ》しくないだろう、な？」夫はチョビに言った。

と、スマホのラインに、娘からメッセージが届いた。

「香奈からよ。圭一郎と一緒の電車に乗ったみたい」

「偶然？」

「なんか……」

「ん？」

「なんかね、チョビがそうさせたんじゃないかしら」

「ああ、そうかもしれないな。チョビの思いが通じたんだろう」

チョビには私たちが交わす言葉が全部分かるのだと思う。

「思えば、こいつには随分愚痴を聞いてもらった。なんせ、お前たちはオレのことは放ったらかしだし。チョビだけがオレの帰りを喜んでくれたんだ。それに酒の相手もしてくれた」

春や秋といった気候のよい季節には、居間のサッシ戸を開け放し、夫は庭を眺めながら晩酌をした。その脇でまるで夫の話に相槌《あいづち》を打つように、チョビは「クゥーン」と啼《な》いた。

「会社内のゴタゴタがあったとき、相当キツかったけど『お前、オレの辛い立場が分かるか』って言うとさ、膝に乗っかってきて、手の甲を舐めたんだよ。『パパ、大丈夫だよ』なんて感じでさ。ホント、可愛いよな」

「そういえば、圭一郎が受験のときも……」

追い込み時期に入った頃、毎晩、チョビは机に向かう息子の足許に陣取った。そして息子が居眠りをするとズボンの裾を嚙《か》んで引っ張ったそうだ。

「こいつ、オレを見張ってたんだよ」

夜食を食べながら息子が嬉しそうに話したことがある。

「あんたはサボり癖があるから、チョビが心配したのよ。でも、これで合格できたらチョビのお陰ね」

「ばか言うなよ、それはオレの実力だろう」

そう言い返した息子だったが、合格するとチョビにフリスビーをプレゼントしたのだ。

「香奈だってそうよ。寝起きの悪いあの子をチョビが起こしてくれた。それで何度、遅刻せずに済んだことか」

私たちにすればチョビの世話をしていたつもりだったが、実は家族のことをちゃんと見守っていたのは他ならぬチョビだったのかもしれない。

「チョビにしてみれば、恩返しのつもりだったんじゃないかな」

「恩返し？」

「うちに引き取ってもらったことの。きっとそうだぞ。人間よりチョビの方が余程、義理堅い。世の中、恩知らずなやつが多いから」

夫の言葉にはっとして、チョビに視線を落とした。ふと、伯父夫婦の顔が浮かんだのだ。

親代わりとして育ててくれた伯父夫婦に然《さ》したる恩返しをしたこともない。急に後悔の念がツンと鼻の奥を突いた。こんなことでは、チョビに笑われてしまう……。でも、にわかに気の利いたことができるわけでもない。ならばせめて、電話くらい掛けて声を聞かせてあげよう。

「勿論さ、この子は恩返しのためだけにそうしてきたんじゃない。オレたち家族のことが大好きなんだ。オレたちだってお前のことが大好きだぞ。よくがんばってきたな、えらかったぞ」夫がチョビの頭を撫でる。

それに応え、首をもたげようとするものの、すぐに力つき、チョビは頭をソファに戻した。

「もういいよ、分かってるから、うんうん……」夫は声を詰まらせながら、もう一方の手の甲で洟《はな》を拭った。

と、玄関からバタバタと足音が響いた。

「チョビは、チョビは？」

駅から走って戻ったのだろう、息子と娘が息を切らして居間に飛び込んできた。

「チョビ、お姉ちゃんもお兄ちゃんも帰ってきたよ、よかったね」

「ただいま、チョビ」ふたりは並んで床に膝をつくとチョビの前脚を摩った。

チョビは「クゥーン」とか細く啼いた。

みんなが口を噤《つぐ》むと、雨の音が聞こえてきた。チョビと出会ったあの日と同じように……。だが、今日の雨はチョビを見送るための涙雨だ。

「ねえ、お母さん、お母さんが抱っこしてあげたら」娘に促された。

「チョビもそうしてほしいって思ってるよ」

夫も息子も、目を赤くしたまま大きく頷いた。最後に抱っこする役目をみんながら私に譲ってくれたのだ。

「チョビ、ここにおいで」

初めてうちに連れてきたときのように、私はソファに腰掛け、そっとチョビの身体を膝の上に横たわらせた。そのぬくもりが微かに伝わる。

チョビはゆっくり目を開けると、息子、娘、夫の顔を順番に見た。そして私を見上げた。

次の瞬間、チョビの身体がほんの少しだけ軽くなった。魂が旅立っていった。

あとがき

本書『家族連写』は、「PHP増刊号くらしラク〜る♪」「PHPくらしラク〜る♪」と月刊文庫『文蔵』での連載をまとめたものです。それぞれの編集担当となる田中葉子さんと兼田将成くんからは、ずっと以前から執筆の依頼を受けてはいたものの、他誌で連載を複数抱えている時期だったので、なかなか実現しなかった。

「くらしラク〜る♪」は文芸誌ではなく、所謂《いわゆる》、生活情報誌だ。そういう雑誌はページ数が決められているので、文字の分量は自《おの》ずと決まってしまう。イラストスペースを調整することで多少の文字数の増減は許されるが、あまり大差はない。当初打ち合わせの段階で、田中さんより、いつも僕が書いている短篇《たんぺん》小説の半分の量で一話にまとめてほしいとお願いされたが、自分なりの短篇の書き方に、ようやく慣れてきたところなので、それは難しいとお断りして、ひとつの物語を前後編に分けて書くことで了承してもらった。とはいえ、単純にひとつの物語を半分ずつ掲載するわけにはいかない。中途半端なところで、続きは次号とするわけにもいかない。いつもより構成に気を遣った。更に前編は比較的気楽に書けたが、後編は書きたいことが増えてなかなかページ内に収まらず、改行や句読点の打ち方にも苦心した。

「くらしラク～る♪」は月刊誌であり、六篇の作品を書いた。つまり十二ヶ月かかったことになる。これまでにない長い連載期間であった。しかし、これまでの僕の短篇集には八篇の物語を収めているので、あと二篇必要となる。そこで『文蔵』で残り二篇を書くことになった。ただ『文蔵』は文芸誌であり、通常の書き方に戻ったので幾分気持ちは楽ではあった。ひと口に雑誌の連載を請け負うといっても事情や条件が異なると、別の脳みそを使わねばならないのだと、よい勉強になった。

さて、本書も基本軸は〝家族の物語〟だ。いつもの森作品同様、大事件は起きない。日常の些細《ささい》な風景を切り取って描いたもの。ただ今回は表題となるようなテーマを持って連載を開始したわけではなかった。しかし、連載を終了し読み返してみると、写真にまつわる場面が多く登場することに気づいた。家族写真などという表題も浮かんだりもしたが、捻《ひね》りがなさすぎる。ギリギリまで悩んだ末『連写』という単語が浮かんだ。家族における様々な場面が連なるという意味にしよう、と……。

昨今、ケータイやスマホにカメラ機能が付いているので、写真はより一層身近なものになった。でも大事なのは枚数の多さではない。またメディアに保存されたものではなく、むしろ心の中に焼き付けられた一枚に重みがあるのではないか。想い出と言い換えてもよいかもしれない。そのたった〝一枚の想い出〟が生きる上で支えになることもある。本書がきっかけとなり、みなさんにとっての大切な一枚を思い起こしていただければ幸いです。

今回もまた様々な方々にお世話になりました。ありがとうございます。

そして、毎回、素敵な装画を描いてくれる木内達朗さん、装幀の松岡史恵さん、感謝しています。

それでは、次回作でお会いしましょう。

二〇一五年、晩夏。作者。

（単行本「あとがき」再録）

著者紹介
森　浩美（もり　ひろみ）
放送作家を経て、1983年より作詞家。
現在までの作品総数は700曲を超え、田原俊彦『抱きしめてTONIGHT』、SMAP『オリジナルスマイル』『青いイナズマ』『SHAKE』『ダイナマイト』、KinKi Kids『愛されるより愛したい』、ブラックビスケッツ『タイミング』など数多くのヒットナンバーを手がける。
2006年に上梓した、初の短篇小説集『家族の言い訳』にはじまる『こちらの事情』『小さな理由』『家族の分け前』『家族ずっと』『家族往来』『家族の見える場所』（以上、双葉文庫）、『終《つい》の日までの』（双葉社）、『ほのかなひかり』『こころのつづき』『ひとごと』（以上、角川文庫）などの家族小説短篇集シリーズは累計60万部を超えるベストセラーシリーズとなっている。

この作品は、2015年９月にPHP研究所より刊行された。

PHP文芸文庫　家族連写

2016年9月23日　第1版第1刷
2023年7月27日　第1版第3刷

著　者　森　浩美
発行者　永田貴之
発行所　株式会社ＰＨＰ研究所
東京本部　〒135-8137 江東区豊洲5-6-52
文化事業部　☎03-3520-9620(編集)
普及部　☎03-3520-9630(販売)
京都本部　〒601-8411 京都市南区西九条北ノ内町11
PHP INTERFACE　https://www.php.co.jp/
組　版　朝日メディアインターナショナル株式会社
印刷所　大日本印刷株式会社
製本所　大日本印刷株式会社

ISBN978-4-569-76608-9